El secreto del doctor Givert

A Josep Maria
A mis alumnos del colegio Consell de Cent

Editorial Bambú es un sello
de Editorial Casals, S. A.

editorialbambu.com
bambuamerica.com

Título original: *El secret del doctor Givert*
Traducción: Joanna Mercader

Diseño de la colección: Miquel Puig
Ilustración de la cubierta: Albert Asensio

Quinta edición: julio de 2015
ISBN: 978-84-8343-163-4
Depósito legal: M-25883-2011
Printed in Spain
Impreso en Anzos, S.L., Fuenlabrada (Madrid)

El secreto del doctor Givert

Agustí Alcoberro

bam bú

EDITORIAL

Barcelona, 1981

De cómo podía haber sido aquel fin de semana

Aquel fin de semana prometía ser genial. Mis padres se habían ido y, por una vez en la vida, habían conseguido arrastrar con ellos a Xavier, mi hermano mayor –que estudia medicina y no se despega de sus libros– y a su chica. De manera que ante mí se abría la perspectiva casi inédita de unos días de absoluta libertad, sin yugos familiares de ningún tipo.

Desde que el jueves había sabido que se iban, no conseguía disimular mi alegría, que farisaicamente pretendía esconder detrás de una inusual preocupación por el próximo examen. (El martes tenía una prueba trimestral de matemáticas: esa era la coartada que, hábilmente esgrimida, me había permitido quedarme solo en casa.)

De manera que ya me tienes, más contento que en día de fiesta, cerrando la puerta mientras por el hueco de la escalera todavía resonaba un «Cuidado, sobre todo cuidado» de mi buena madre.

Según el horario que meticulosamente me había confeccionado, aquella tarde era de estudio absoluto. Tenía que tragarme tres lecciones del temario, con sus correspondientes ejercicios, como fuera, para poder dedicar todo el sábado y el domingo a la juerga; hay que vivir, que son dos días. Pero me estaba resultando imposible concentrarme. A medio binomio de Newton todo mi cuerpo ya se convulsionaba al ritmo de una canción de moda que algún rincón de mi cerebro tocaba. Entre los números minúsculos, densos y apretujados como sardinas en lata de la tabla logarítmica, ya me veía paseando con mi grupo por cualquier calle del casco antiguo. Imposible pues derivar, integrar o efectuar ningún otro cálculo matemático.

De manera que –todo sea dicho, sin mucha oposición– me resigné a cerrar el libro y escribir en un papel mis planes para el fin de semana. Viernes por la noche, estudio, me dije sin demasiada convicción. Sábado por la mañana, *footing*, como siempre. Hay que hacer músculo, ya se sabe. Y por la tarde, Manel había quedado con un grupo de chicas del instituto, que según me aseguró –y acostumbra a tener bastante buen ojo– eran muy simpáticas. Como no tendríamos excesiva prisa por volver a casa, la velada se podría alargar en algún bar. El domingo, dormir hasta tarde y hacer algo. No sé, ir al Museo de la Ciencia, que me han dicho que es muy divertido, pasear... Según el estado de ánimo. Y por la tarde, otra vez con el grupo, a pasear por el casco antiguo. El presupuesto era más bien escaso y no me podía exceder.

Me dije que ya estaba bien de proyectos, y que, fuera como fuese, lo que tenía que hacer en aquellos momentos era estudiar. De manera que, con gran pesar, fui metiéndome con una lentitud preocupante en aquel montón de papeles llenos de cifras y letras.

Una llamada

Me desperté de golpe. El teléfono sonaba estridente en el despacho y sus insistentes aullidos me atravesaban el cerebro. Mientras descalzo y en pijama me dirigía corriendo hacia el aparato, miré el reloj con ojos soñolientos: las tres. ¿Quién podía ser a esas horas? Cuando, medio dormido, descolgué el auricular, alguien me gritó:

–¡Ya era hora!

Estaba demasiado atontado como para reconocer la voz de quien me hablaba desde el otro extremo del hilo telefónico. De modo que, creyendo que se trataba de una broma de mal gusto, le dije:

–Muy gracioso. Pero, caramba, podría molestar a otro...

Entonces, mi interlocutor desconocido se apresuró a contestar:

–Pero Marc, ¿es que no me reconoces? Soy Jaume...

Jaume, mi compañero de pupitre en el instituto. ¡Él tenía

que ser! Yo estaba fuera de mí, con esa excitación airada de quien ha dormido poco, y le hice la bronca:

–Pero ¿tú estás loco o qué? ¿Es que no sabes qué hora es?

–Las tres...

–Sí, las tres, hermano. Suerte que hoy no están aquí mis padres, que si no... ¿Cómo les explico que alguien me llame a estas horas? Además, ¿qué demonios quieres? ¿Se trata de algo tan urgente que no podía esperar a mañana?

Gritaba como un histérico. Una de dos: o Jaume se retiró el auricular por lo menos tres palmos de la oreja, o seguro que lo dejé sordo. Pero él no se inmutó. Y con absoluta sangre fría, e incluso bajando la voz con un cierto tono misterioso, dijo:

–Tenemos que vernos, Marc. Ahora mismo.

–¡Tú estás mal de la cabeza! –le solté.

–No, en serio. Tengo que verte ahora mismo. Hay en juego cosas muy importantes.

–Sí, otra de tus fantasías. Como si no supiese de tu habilidad para complicar las cosas más elementales y lógicas.

–Esta vez es en serio, Marc. Si no, no me atrevería a llamarte. Tú eres la única persona en quien puedo confiar. Estoy metido en un grave problema, y tenemos que resolverlo ahora.

Hablaba con una lentitud desacostumbrada en él, como si estuviera agotado, y lo hacía además con una voz distorsionada, o así me lo pareció. Debía de haber puesto un pañuelo o un trozo de tela sobre el micrófono del aparato.

Yo estaba francamente dormido. Solté un gran bostezo, y después me di por vencido.

–Está bien. Siempre te sales con la tuya. Pero ya te ajustaré las cuentas.

–Cuando nos veamos lo comprenderás.

Y entonces, reticente, volví a la carga, aunque sin demasiada convicción:

–Pero ¿no me puedes adelantar algo?

–Imposible, Marc. Hay cosas que no se pueden decir por teléfono...

–¡Bueno, bueno! –En esos momentos yo casi chillaba–. Pues, date prisa, ven.

–Es que...

Tímidamente inició una objeción que yo corté de inmediato:

–¿Qué pasa? No me dirás que no puedes venir.

–Así es. No me puedo mover de donde estoy. Cuando nos veamos lo entenderás.

La cosa ya pasaba de castaño oscuro. Aquella situación disparatada estaba adquiriendo todo el aire de una pesadilla o de una broma pesada. Pero él siguió hablando, impertérrito, como si no se diese cuenta de lo ridículo de la conversación.

–Mira, te espero dentro de media hora. Estoy delante del campo del Barça, en la puerta central de Travessera de les Corts. Es muy fácil de encontrar, no tiene pérdida. Delante mismo hay un bar. Se llama Iceberg.

No lo dejé continuar.

–¡Ahora sí que estoy convencido de que estás loco! Es decir, que me llamas a las tres de la madrugada, me sacas de la cama dándome un susto de muerte, y no solo no me explicas el porqué de esta fantasmada sino que encima pretendes que me vista, salga a la calle y atraviese la ciudad en media hora... Servicio a domicilio. ¡Como si no tuviera nada mejor que hacer! Mira, hermano, llama mañana y ya hablaremos; eso si no te mando a freír espárragos otra vez.

Ya iba a colgar, pero él se apresuró a hablar. Su voz era ahora suplicante.

–Marc, por favor. Si te llamo es porque en estos momentos realmente me eres imprescindible. Hay muchas cosas en juego, quizá incluso vidas humanas. Créeme, por favor. Ahora no te puedo explicar nada más, pero te necesito urgentemente. Cuando llegues lo entenderás en seguida.

Cuando Jaume habla con ese tono, anula por completo mi capacidad de indignación, e incluso mi voluntad. Otra vez me di por vencido.

–De acuerdo, de acuerdo. Siempre ganas. Sabes que soy un imbécil y abusas de ello. Pero ten en cuenta que, a estas horas, desde aquí al campo del Barça tengo por lo menos hora y cuarto.

Era verdad. El metro no funcionaba. Tendría que tomar un autobús que me llevase al centro, y allí buscar otro que me dejase cerca del campo. Y ya se sabe: los autobuses nocturnos pasan a intervalos larguísimos.

Pero él me presionó:

–No puede ser. Te necesito ahora mismo.

Su insistencia me estaba haciendo perder los últimos milímetros de paciencia que me mantenían pegado al teléfono.

–Mira. Son las tres de la madrugada, ¿sabes? A esta hora, el metro no funciona. Y yo no tengo una alfombra mágica con la que pueda ir volando.

Se lo dije casi silabeando las palabras, pero él ni se inmutó.

–La motocicleta... La motocicleta de tu hermano. Tú sabes conducirla y, con ella, en media hora puedes estar aquí, ¿no?

–Pero no tengo papeles, ¿sabes? No tengo carnet ni nada parecido. Si me agarran, tendrás que ir a buscarme a la comisaría.

–Hazlo por mí, hombre. Te aseguro que cuando llegues lo entenderás todo.

Se calló. Por unos momentos reinó el silencio. Yo tenía que reflexionar: ¿qué debía hacer? ¿Colgar el teléfono y dejar tirado a aquel bobo en una calle medio perdida en la otra punta de la ciudad, o, como siempre, hacer el ridículo a causa de cualquier locura que se le hubiera ocurrido a su prodigiosa imaginación? La tentación de la cama era demasiado fuerte. Pero, por otra parte, ya estaba desvelado, y me costaría volver a dormirme. Quizá luego me arrepintiera de no haberlo ayudado. Jaume había hablado de problemas graves, de vidas humanas...

Su monótona voz cortó mis reflexiones desde el otro extremo del hilo telefónico.

–Me ayudarás, ¿verdad?

–De acuerdo. Pero todavía me tengo que vestir, y además no voy en una Kawasaki, sino en una Derbi de baratillo. Puede que tarde tres cuartos de hora.

–Gracias, colega. Te aseguro que no te arrepentirás.

Y habría jurado que Jaume esbozó una sonrisa satisfecha.

Jaume y yo

Corrí con la moto a toda máquina, desafiando sus capacidades técnicas. Bajo la presión constante de mi puño dándole gas a tope, el trasto alcanzó una velocidad media de cincuenta a sesenta kilómetros por hora. No estaba nada mal para una moto de cuarenta y nueve centímetros cúbicos, castigada por cinco años de funcionamiento y de ingratitudes. En medio del silencio nocturno, solo matizado por el leve zumbido de alguna farola agotada, la máquina avanzaba con una algarabía estremecedora.

Era una noche fría y ventosa. El aire helado me cortaba los músculos de la cara y me levantaba el pelo. Unas lágrimas gordas y congeladas como cubitos de hielo caían de mis ojos y luego desaparecían, huidizas, empujadas por el viento. Pero lo peor eran las manos. No sabía dónde había dejado los guantes mi hermano y tampoco había tenido tiempo de buscarlos. De manera que circulaba con las manos desnudas. Notaba cómo se me iban entumeciendo, pero era tarde y decidí no pararme.

Delante de mí se extendía una ola de semáforos en verde, perfectamente coordinados. Iba por la calle Aragó, superando con exactitud matemática las bocacalles transversales: Roger de Flor, Girona, Llúria, Claris, paseo de Gràcia... Si seguía a ese ritmo, podría llegar en menos de diez minutos.

Entonces me volvió a asaltar la duda. ¿No estaré haciendo el tonto? Jaume es un personaje bastante singular, provisto de una imaginación inmensa y, a veces, genial. Pero demasiado a menudo deriva hacia la fantasía más ingenua y enfermiza.

La llamada a las tres de la madrugada, la insistencia, los ruegos, la prisa... Todo sonaba demasiado raro. En ese sentido, Jaume era una verdadera incógnita. Podía salir con el problema más real y urgente o con la situación más estúpida e insignificante.

Quizá había sido por ese margen de duda, por ese poco de genialidad que siempre he sido el primero en reconocerle, por lo que había aceptado emprender aquel viaje disparatado. Te lo aseguro: no lo habría hecho por cualquiera.

Jaume... Me resulta difícil hablar de él con un mínimo de objetividad. Fuimos juntos a la escuela y ahora estábamos estudiando en el mismo instituto. Pero realmente éramos –somos– muy diferentes.

Jaume es el típico genio despistado, despreocupado de todo lo que interesa a la mayoría de los humanos, pero tremendamente angustiado por las cosas que para él significan algo.

Y estas son tantas y se muestra tan activo y dispuesto, que muy bien podría definirlo como un polifacético avispado.

Primero le dio por la electrónica, e hizo verdaderas filigranas. Recuerdo un ventilador que se accionaba con un disco selector de teléfono. Y un juego de ajedrez con lucecitas y timbres. Después le fue dando por la química, la mecánica, la parapsicología, la radiodifusión de aficionados, la cibernética...

Siempre dejando al último los estudios, que a sus ojos aparecían como un martirio obligado y aburrido, sin ningún tipo de aliciente. Solo su inteligencia natural y, aunque no esté bien que yo lo diga, mi ayuda, le habían permitido graduarse con una nota mediocre. Sin embargo tenía, muy al contrario que yo, matrícula de honor en Educación Física.

Su última manía eran las novelas policíacas. Desde hacía unos meses se había convertido en un consumado devorador de ellas, y se tomaba esa tarea con la misma severa dedicación con que antes estudiaba reacciones químicas o enviaba mensajes a los rincones más alejados del planeta.

Unos quince días antes, me había dicho que las novelas de policías y ladrones eran como problemas de física, pero con una trampa evidente, porque quien las escribía ya tenía resuelto el final.

–Así pues –decía–, la intriga únicamente es para el lector. Pero cuando llevas leídas unas cuantas, se pierde toda la emoción: detrás de esos casos en apariencia tan complicados, salvo dignas excepciones, sólo hay dos o tres recursos eternamente repetidos. Falta originalidad...

Yo no estaba del todo de acuerdo, pero siendo un asunto que nunca he estudiado a fondo, preferí llevar la conversación por otros caminos:

–¿Quieres decir con eso que ya se te ha pasado la manía de las novelas policíacas?

Y él contestó, muy rotundo:

–¡En absoluto! Pero creo que las buenas novelas sólo pueden proceder de la realidad.

A la luz de la última llamada, esa conversación adquiría ahora otro sentido por completo distinto y verdaderamente angustioso. Seguro que Jaume se había metido en algún lío raro con el ridículo objetivo de vivir –y quizá escribir– su propia novela policíaca. Era capaz de eso y más. Su pertinaz testarudez, su alegre inconsciencia y también, ¿por qué no?, su genial intuición, podían haberlo llevado a cualquier situación límite. A esas alturas, quizá su vida corría realmente peligro.

Intenté forzar la marcha, pero la moto no daba más de sí. Paciencia. Si mantenía aquel ritmo, podía llegar en siete u ocho minutos.

Un caso difícil

Allí estaba. Ni por un momento había pensado que no fuera así. Acababa de enfilar Travessera de les Corts cuando lo vi, detrás de una cabina, alerta y con un cierto aire misterioso.

Frené de golpe y las ruedas rechinaron al clavarse en el asfalto. Sin perder un minuto, dejé la moto sobre la acera y le puse la cadena. Después corrí hacia Jaume, que me dedicó una amistosa sonrisa.

–Treinta y cinco minutos exactamente. Muy bien, hermano.

A esas horas tenía un aspecto inusual. Su cara, de ojos pequeños y vivos, nariz afilada e inmensa boca de anuncio de Netol, esbozaba una mueca preocupada, inédita en él. Su pelo, rubio y siempre largo, a la luz de las farolas se veía pálido y exageradamente alborotado. Todo él se movía con una excitación desconocida. Para completar el cuadro, llevaba un abrigo inmenso que le cubría parte de la cara, no sé si para resguardarse del intenso frío de aquella noche o para esconderse de alguien. Fuera como fuese, lo cierto es que le daba un aire de misterio casi surrealista.

–Bueno, tú dirás –empecé con una cierta cordialidad distante–. Ya puedes explicarte.

Me agarró del brazo y me llevó detrás de un camión. Allí, miró a izquierda y derecha y, una vez convencido de que no nos espiaba nadie, dijo:

–Verás... ¿Has oído hablar alguna vez del doctor Givert?

El nombre me sonaba.

–Sí, creo que es un médico muy conocido...

–Sí, neurólogo. Pues bien, esta noche lo han secuestrado.

La noticia me sorprendió, pero reaccioné en seguida.

–¿Y tú cómo lo sabes?

Él sonrió con un cierto aire de suficiencia que sin embargo no consiguió borrar su aspecto angustiado.

–Porque lo he visto con mis propios ojos. Ha sido a las ocho de la tarde, cuando yo iba hacia casa. Él tiene el consultorio muy cerca. He visto perfectamente cómo salía del portal, entre dos hombres muy serios que lo sujetaban de los brazos. Después, lo han metido en un auto extranjero, un Taunus, creo. Uno de los hombres ha entrado detrás con el doctor Givert, mientras el otro se sentaba al volante y ponía el auto en marcha. Todo eso me ha parecido muy extraño, ya sabes que siempre veo cosas raras, y me he acercado al auto. Entonces he visto que uno de los hombres llevaba un revólver. Me ha parecido que el doctor estaba pálido, atemorizado, pero no he podido fijarme mucho. El auto ha arrancado a toda velocidad...

Dijo todo esto apresurada, atropelladamente, de una tirada. Después hizo una pequeña pausa. Yo lo escuchaba con gran atención, pero también con cierta perplejidad.

–No había tiempo que perder, de modo que he tomado una decisión rápida. He parado un taxi y los he seguido. Por suerte tenía algún dinero en el bolsillo, y el trayecto ha sido bastante corto. Cuando te he llamado, llevaba aquí cinco horas, o quizá más. Estaba desesperado. No sabía qué hacer y necesitaba hablar contigo.

Y me miró con actitud afable, tal vez esperanzada. Yo, por mi parte, lo observaba en silencio.

–¿Y dónde está ahora? –pregunté finalmente.

–Allí –contestó señalando un taller mecánico–. Ahí es donde han entrado los tres hace un montón de horas.

–¿Y tú no te has movido de aquí? –le pregunté.

–Ni para ir al baño –dijo él con una mueca que pretendía ser cómica.

Volvimos a guardar silencio. Sabía que había llamado esperando de mí –¡de mí precisamente!– una solución genial. Pero yo soy de reacciones lentas y, así de golpe, no supe qué decirle. Lo que me había contado tenía que ser verdad, no lo dudaba en absoluto. Jaume no era capaz de inventarse una historia como esa. Pero yo no era la persona más indicada para resolver aquel caso, y menos aún corriendo y de prisa, a aquellas horas de la noche.

Todos los elementos secundarios adquirían en mi cerebro una importancia capital, como si quisiera demorar la emisión de cualquier opinión comprometedora. Le pregunté:

–¿Y tus padres saben que estás aquí?

Me contestó desanimado, como si lo hubiese defraudado:

–Les he telefoneado y he dicho que estaba en tu casa, estudiando, y que me quedaría a dormir allí.

Calló de nuevo. Entonces dije:

–Bueno, ¿y qué podemos hacer? ¿Por qué no avisamos a la policía?

Pero él contestó en seguida:

–No vale la pena: no nos creerán. Al fin y al cabo para ellos solo somos unos niños. Y, por otra parte, si vienen, puede ser peor. Aquí hace falta habilidad, astucia, no fuerza bruta.

¡Habilidad y astucia! ¡Y me lo decía a mí, que soy el torpe más grande que existe! Pero en aquellos momentos estaba muy cansado, y no me sentí con fuerzas para oponerme. Me limité a decir:

–Bueno, pues tú dirás lo que tenemos que hacer. Al fin y al cabo, somos dos niños, como tú mismo has dicho, desarmados e inexpertos, enfrentándonos a una banda organizada que va con revólveres por la calle. Si tú crees que podemos ser tan hábiles y astutos...

Pero él ni me escuchaba. Tenía la vista fija en el taller mecánico donde, hacía unas horas, había visto desaparecer al doctor Givert y a aquellos dos hombres. También yo lo miré. Era un local vulgar, con las persianas metálicas, grasientas y sucias, bajadas, y un letrero de colores chillones encima que decía: TALLERES J. FERNÁNDEZ.

De golpe, Jaume se dio una palmada en la frente y dijo:

–¡Ya lo tengo! –Y, mirándome, continuó–: Llamas a la puerta, dices que se te ha pinchado una llanta y que necesitas que te la arreglen inmediatamente. Llora, suplica, haz lo que haga falta, pero tienes que entretenerlos un rato. Yo ya me las apañaré para entrar e investigar.

Estaba clarísimo que se había vuelto loco, y no pude evitar decir:

–Eso es una estupidez. Y si pretendes que pinche una llanta para entrar ahí, estás loco. El lunes mi hermano no me lo perdonaría.

Pero él ni se inmutó.

–Quien algo quiere algo le cuesta, dicen –filosofó–. Si tú no la quieres pinchar, ya la pincharé yo mismo.

Y para demostrarme que estaba dispuesto a cumplir lo que decía, sacó una pequeña navaja del bolsillo. La hoja brilló a la pálida luz de las farolas.

Discutimos y, a mi pesar, lo empujé contra un coche. La cosa habría podido acabar muy mal de no ser porque en aquel momento oímos que un automóvil se ponía en marcha. El ruido venía de dentro del taller, y los dos nos escondimos detrás de los autos estacionados junto a la acera. Jaume me miró brevemente con un gesto angustiado pero alerta. Lentamente, la persiana se abrió con un sonido metálico y salió el auto extranjero del que había hablado Jaume. Esta vez nos fijamos bien. Era de la casa Ford, un modelo antiguo fabricado en Alemania, poco corriente en nuestro país. Debía de ser un Taunus, como él había dicho. El vehículo salió despacio y enfiló la calle en dirección a Hospitalet. Nos fue imposible ver bien a los pasajeros, pero nos pareció que en el auto solo iban dos individuos jóvenes. ¿Dónde estaría el doctor Givert? ¿Iría en aquel auto?

Todo nos hacía creer que sí. Podía ser que estuviese en la maletera, o quizá tumbado en el asiento posterior.

Cuando el coche estuvo a unos cien pasos, Jaume, más rápido de reflejos que yo, dijo:

–¡Corre, pon la moto en marcha! Tenemos que seguirlos.

Rápidamente, quité la cadena y le di al arranque. Cosa rara, se encendió a la primera. Jaume se subió en seguida y nos fuimos a toda velocidad.

El primer error

Habíamos perdido cualquier rastro del coche. Era lógico. Solo nuestra ingenuidad nos había lanzado a aquella loca persecución. Una moto nunca puede atrapar a un auto extranjero, y menos a aquellas horas de la noche, cuando, sin caravanas ni embotellamientos, puede circular a gran velocidad.

Lo habíamos perdido a la altura de la carretera de Esplugues y, a pesar de que habíamos dado centenares de vueltas por aquellas calles de casas bajas y limpias y suelo de adoquines, no había modo de localizarlo. Finalmente, me paré en una acera y los dos bajamos de la moto. Notábamos una sensación extraña, mezcla de ridículo, vergüenza y la excitación del momento. Yo dije:

–Lo hemos hecho muy mal, colega...

Jaume asentía, con la cabeza baja, mientras recorría nerviosamente los metros que lo separaban de un plátano, para volver después al punto de partida. Repitió ese movimiento, exasperante e inútil, un par de veces. De repente, con toda la fuerza de su ira, le dio una patada a una solitaria lata.

–Si de verdad queremos medirnos con profesionales, tenemos que aprender –le dije–. Lo de esta noche solo le puede pasar a un inexperto o a un tonto...

Jaume levantó la cabeza de golpe, me miró fijamente y dijo:

–Esto es ya una cuestión personal. Nos hemos equivocado, pero pienso llevar este asunto hasta sus últimas consecuencias. ¿Tú qué vas a hacer? ¿Me vas a ayudar o aquí te plantas?

Sus ojos permanecían fijos en los míos. Pensé que el asunto era lo bastante interesante como para dedicarle unos días. ¡Al diablo el examen del martes, la salida del sábado por la tarde y los paseos del domingo! Inesperadamente, el caso ofrecía mucho más aliciente. Y, por otra parte, no podía dejar que un compañero tan atolondrado como Jaume actuase solo.

–De acuerdo –dije sonriendo–. No quiero que esa banda de facinerosos te coman a ti solo.

Nuestros cuerpos se fundieron en un abrazo sincero y alegre. De repente, parecía como si aquella primera derrota no hubiese existido. La sonrisa exultante de Jaume destilaba una euforia contagiosa nada recomendable.

Intenté que las cosas volvieran a su cauce:

–Bueno, ahora hay que tomar tierra de nuevo. Esta tontería puede ser grave. Quizá hayan sacado al doctor durante nuestra ausencia. Eso si no iba en el auto. Se puede decir que, prácticamente, solo tenemos un uno por mil de probabilidades de que todavía esté allí. Pero tendremos que mantener la vigilancia. Por ahora, es lo único válido a lo que podemos aferrarnos.

–Sí, es el único hilo con que contamos para tirar de la madeja. Aunque el doctor ya no estuviese allí, de ese sitio pueden salir otros elementos: nombres, direcciones, matrículas de automóviles...

Yo asentía.

–Muy bien, muy bien. Así me gusta. Así es como tenemos que actuar: utilizando la inteligencia. Pero ahora hazme un favor: vete a dormir unas horitas. Por la mañana tienes que estar fresco como una rosa.

Él empezó a protestar:

–Pero...

No lo dejé continuar.

–¡No hay peros que valgan! Yo, por lo menos, he dormido hasta las tres... Tú ahora tienes que hacer lo mismo. Toma: aquí tienes las llaves de mi casa. Tranquilo, que no hay nadie. Yo me voy al taller otra vez. Ya te llamaré cuando te necesite. Pórtate bien y a dormir.

Hizo un gesto de resignación y tomó las llaves que yo le ofrecía.

–Qué se le va a hacer...

A todo esto, ya eran las cinco. El metro ya funcionaba. Arranqué la moto y me dirigí de nuevo a los talleres J. Fernández. El sol apuntaba por el este.

Un camino

Eran las nueve y media y el taller sin abrir todavía. No había entrado ni salido nadie. Me extrañó que una empresa de reparación de automóviles no trabajase un sábado por la mañana. O se habían dormido –cosa que me costaba creer– o realmente era la tapadera de alguna banda de delincuentes que no se esforzaba mucho por disimularlo.

Todavía hacía frío. Estaba tieso. Me encaminé al bar contiguo al taller para tomar algo caliente e intentar obtener alguna información.

Era un local pequeño y estrecho, con pocas mesas, comprimidas, y una barra exageradamente alta, como las de antes. Tras ella, había un póster con la plantilla actual del Barça y algunos calendarios.

El camarero era un hombre gordito, moreno y de grandes bigotes.

–Sírvame un cortado bien caliente –dije.

Mientras me lo tomaba a pequeños sorbos, inicié un interrogatorio no sé si tan discreto y exhaustivo como yo pretendía.

El hombre confirmó mis sospechas: hacía seis meses que el taller había cerrado. El antiguo dueño –el señor Fernández del rótulo– había dejado la ciudad y traspasado el negocio. De los nuevos propietarios, el camarero no sabía nada. Me dijo que hacía un par de meses que aparecían irregularmente por el local, y que suponía que pronto lo abrirían de nuevo. Le di las gracias y me despedí con una buena propina que todavía ahora me revuelve el estómago.

El taller tenía el mismo aspecto solitario que antes. «Esto no puede ser –me dije–. Aquí puedo pasarme horas y horas parado como un bobo. Hay que actuar.»

Pero el problema era evidente: ¿cómo entrar? Entonces se me ocurrió una buena idea. Lo más lógico era que el edificio tuviese un patio interior al que darían las ventanas de todos los pisos y de la escalera, por lo que en seguida empecé a inspeccionar.

Era una portería de las que se abren con dispositivo electrónico. Mejor así. Los porteros acostumbran a fisgonear demasiado y pueden ser peligrosos. Llamé al timbre de un piso cualquiera al azar. Quien descolgó el interfono tardó un buen rato en contestar, y lo hizo con voz soñolienta.

–¿Sí?

–Cartero –mentí.

Un zumbido bajo y prolongado me indicó que el hombre apretaba el botón. La puerta se abrió al primer empujón.

Era una escalera estrecha y más bien oscura. Como había supuesto, en cada rellano había una ventana pequeña que daba al patio de luces. Abrí la del principal y, efectivamente, desde allí pude comprobar que también en la planta baja había una pequeña abertura de acceso.

Por una vez, la suerte nos acompañaba. Pero ahora hacía falta también destreza. Porque el problema no era el cerrojo de la ventanita –que suponía que saltaría al primer tirón– sino la habilidad para atravesar aquella estrecha abertura y bajar hasta el patio.

Y la persona indicada, lo tenía muy claro, era por supuesto Jaume. Su cuerpo menudo y ágil, que parecía hecho de chicle, le permitiría moverse con una rapidez y discreción que con mi torpeza y mi vértigo yo jamás alcanzaría.

Me dirigí pues a la cabina telefónica que me esperaba, dispuesta, al otro lado de la calle.

Una inspección

Cuando llamé, todavía dormía. Tardó un buen rato en descolgar el aparato.

–¡Jaume! –dije yo antes de que tuviese tiempo de abrir la boca.

–¡Marc! –contestó bostezando–. Me has despertado. Dudaba si atender al teléfono. ¿Y si hubiese sido alguien de tu familia?

–Bueno, ese no es ahora el problema –respondí quitándole importancia. Y con tono serio añadí–: Ven inmediatamente. He tenido una idea que creo que puede funcionar.

–De acuerdo. No tardo ni diez minutos.

Y colgó de golpe, sin dejar que le hiciera ninguna de las recomendaciones que tenía pensado.

A pesar de lo que me había dicho –pero más acorde con la realidad, que lo obligó a vestirse y a tomar el metro– llegó al cabo de tres cuartos de hora. Exactamente a las once y seis minutos de una mañana otoñal, plácida y soleada.

Lo recibí con actitud burlona.

–Diez minutos, ¿no?

Él contestó nervioso:

–Lo siento, chico. El metro no venía. Y he calculado mal las distancias...

–Sí, eso suele pasar... –dije yo con un tono entre comprensivo y escéptico. Y a continuación fui directamente al asunto que nos interesaba–: Por lo que parece, este maldito taller no abrirá en todo el fin de semana. En el bar me han dicho que hace seis meses que está cerrado. De manera que tendremos que abrirlo nosotros. Mejor dicho, tú.

Y le expliqué lo que se me había ocurrido. Comprendió que era él quien tenía que bajar por el patio y entrar en el garaje. Incluso diría que se tomó mi propuesta con un cierto orgullo mal disimulado. Finalmente podría demostrar sus habilidades.

Acordamos que yo lo esperaría en el principal, pendiente de si me necesitaba. La escalera parecía poco concurrida y no creía que mi presencia fuese advertida.

Por otra parte, después de un breve regateo, decidimos que no se quedaría allí dentro más de un cuarto de hora. Su retraso indicaría que se había producido algún hecho grave, por ejemplo que lo habían atrapado. Si eso pasara, convinimos en que yo avisaría a la policía.

Subimos pues la escalera y, desde el principal, le enseñé el patio interior estrecho y gris, salpicado de ventanas, y, abajo, el recuadro del ventanuco del taller. Él lo estudió con la vista atentamente. Después me miró.

Yo le dije:

–¿Lo ves? Es exactamente como te lo he descrito. Esto no debe de ser muy difícil para un atleta como tú.

–¡Desde luego que no! En cambio, es imposible para un torpe como tú...

La verdad, eso era un poco exagerado. Pero como al fin y al cabo algo había de cierto, preferí no entrar en polémica.

–Nadie es perfecto... –contesté prudentemente.

Jaume, con un gesto algo teatral, se encaramó al marco de la ventana y se deslizó a través de él silenciosamente. Unos segundos después, oí un golpe seco. Estaba claro, había forzado la ventana.

El cuarto de hora que siguió a este ruido fue realmente angustioso. La escalera estaba en completo silencio. Solo se oía de vez en cuando un roce apagado de pasos en otros rellanos. Pero del patio no llegaba nada. Ni el más leve rumor.

Pasé aquellos quince minutos mordiéndome las uñas y haciendo todo tipo de especulaciones. ¿Qué estaría pasando? ¿Estarían algunos de aquellos delincuentes dentro? ¿Y el doctor Givert? ¿Y cómo se las arreglaría Jaume ante cualquier contratiempo? Me maldije mil veces por no haber bajado. Pero eso era ya un hecho irreversible.

De no ser porque tenía los ojos clavados en el reloj, siguiendo con desesperación el avance angustiosamente lento de sus agujas, habría dicho que pasaron horas y horas. Sin embargo no fue así.

Jaume apareció exactamente a los catorce minutos y trece segundos. Primero plantó las manos en el marco de la ventana, y luego subió el cuerpo a pulso, sin permitir que lo ayudase.

Una vez que hubo superado este último obstáculo, resopló ruidosamente.

Yo estaba impaciente y no pude esperar más.

–¡Cuenta, hombre! Me tienes en vilo.

Él esbozó una sonrisa, amistosa pero reservada.

Jadeaba y recuperaba fuerzas. El último esfuerzo y la excitación del momento lo habían agotado.

Cuando abrió la boca, balbuceó unas palabras:

–Nadie... No hay nadie... Ni el doctor Givert... Ni nadie...

Calló de nuevo. Otra vez se hizo un silencio estremecedor, solo interrumpido por su respiración trabajosa.

Empezamos a pensar con la cabeza

Cuando hubo descansado un rato, Jaume me explicó con todo detalle lo que había visto. Mientras, bajamos la escalera, salimos a la calle y nos sentamos en un banco.

La inspección había sido verdaderamente descorazonadora. No había nadie. Me dijo que el taller era un local amplio, húmedo y solitario. En el suelo, todavía permanecían las manchas pegajosas del aceite de los autos, y hasta serrín reseco, con toda seguridad de hacía tiempo. Una parte del local estaba totalmente recubierta por amplios estantes sucios y llenos de polvo, donde antes se debían de amontonar las herramientas.

Al fondo, había una pequeña cabina que habría servido como despacho. La reducida habitación conservaba su mobiliario: una mesa grande, desproporcionada para las dimensiones de la estancia, una silla antigua y un armario. De las paredes desnudas colgaban calendarios de varios años –el más reciente, del año anterior–, todos ellos con fotos de chicas.

Los cajones de la mesa y las puertas del armario no estaban cerrados con llave, por lo que Jaume no tuvo que forzarlos. Dentro no había nada. Ni un papel, ni una pequeña tarjeta, ni la más remota pista que nos permitiese empezar por algún lado.

El baño –una estrechísima pieza en la que solo cabía un váter y una pequeña pila para lavarse las manos– tampoco contenía nada especial. Únicamente el suelo, sucio y lleno de barro seco, delataba la reciente presencia de alguien. La luz de esa pequeña estancia provenía del ventanuco que daba al patio.

Jaume me aseguró que había examinado cuidadosamente el suelo del taller, y que incluso había dado golpecitos en las paredes para tratar de localizar alguna cámara escondida.

Lo creí. Pese a la lógica prisa que requería la inspección –y que yo mismo había sido el primero en exigir–, Jaume es listo y meticuloso. Si él no había encontrado ningún indicio válido para continuar la investigación, es que realmente no debía de haber ninguno.

No hace falta que te diga que esta inspección nos desanimó. Por un instante, habíamos creído que existían posibilidades reales de localizar al doctor Givert o, por lo menos, de encontrar algún elemento que nos pusiera sobre su pista.

Sin embargo, en aquellos momentos, el desencanto se iba imponiendo en nuestros cerebros, demasiado cansados después de una noche con tan pocas horas de sueño, y embotados además por una serie de emociones fuertes e inusuales.

Jaume era quizá el que se sentía más derrotado. Le di una amistosa palmadita en la espalda y le dije:

–Como tú dices, esto se ha convertido ya en un asunto personal. Tranquilo que, como que me llamo Marc, esta batalla la vamos a ganar. –Y cambiando de tema pregunté–: ¿Has desayunado?

Con evidente desgana, contestó:

–¿Cómo querías que lo hiciera si he venido desde tu casa corriendo? Además, no tengo hambre.

–Mal hecho, Jaume. Mira, vamos a desayunar con calma. Delante de una mesa, ya verás cómo destilamos materia gris.

Recorrimos un par de travesías con la cabeza baja, casi como autómatas.

–Lo que no entiendo –dijo rompiendo aquel silencio asfixiante– es qué papel juega este local en todo el asunto. ¿Será solo un refugio temporal, el primero de una cadena de escondites durante el secuestro? Porque, en ese caso, es evidente que habríamos perdido cualquier rastro, cualquier posibilidad de localizar nunca más al doctor Givert.

–Bueno –intenté animarlo–, siempre podríamos averiguar el nombre del actual dueño del taller...

–Pero eso es algo muy difícil –rebatió él–. Solamente lo debe de saber la policía. Y aun siendo así, dudo que sea una información demasiado centralizada...

Callamos de nuevo. Delante teníamos una cafetería antigua, de aspecto confortable, paredes alicatadas y mesas de mármol.

–¿Entramos? –dije sin mucho ánimo.

Él se encogió de hombros.

Atravesamos la puerta y nos sentamos a una mesa en un rincón.

En seguida vino la dueña, una señora mayor, rubia y delgada.

–¿Qué quieren tomar?

Por un momento nos quedamos callados. Finalmente, tomé la iniciativa:

–Tenemos que comer algo, Jaume. Hay que recuperar fuerzas.

Y pedí un chocolate con leche y una ensaimada. Jaume me imitó no muy convencido.

Poco después, mientras hundía la ensaimada en la capa de leche, recapitulé:

–Bueno, ahora ya está claro que por este lado poco podemos hacer. Los secuestradores se nos han escurrido entre los dedos, y con ellos el doctor Givert. Puede que fuera en aquel Taunus que perseguimos inútilmente, o tal vez aquello solo fuese una maniobra de distracción.

–Muy eficaz, por cierto –comentó ácidamente.

–Sí... Quizá vuelvan a aparecer por este local o quizá no. Lo que es evidente es que no podemos pasarnos todo el fin de semana plantados ahí delante, como unos tontos. Solo somos dos y no podemos montar guardia noche y día. Así pues, tenemos que pensar en otro camino más eficaz.

Otra vez nos quedamos callados. Jaume mojaba su ensaimada en el chocolate, distraído. Creo que todavía no le había dado ni un mordisco. Al final, saliendo de su evidente abstracción y dando una palmada en la mesa, soltó de repente:

–Oye, lo que tenemos que hacer ahora es evidente. No sé cómo no se nos ha ocurrido antes. ¡Tenemos que ir a casa del doctor Givert! Su familia lo habrá echado en falta. Seguramente ya habrán hecho gestiones. Y quizá algunos vecinos, el portero, o alguien, pueda darnos nuevos datos...

–¡Bravo! –exclamé. Ese era el Jaume que yo conocía–. Realmente, eres un gran tipo. –Y luego, más calmado, modesto y realista, añadí–: La verdad es que somos unos aficionados. Eso que dices, tendríamos que haberlo hecho desde el primer momento.

Y viendo que Jaume continuaba embobado, con la mirada perdida en la ensaimada, con la que seguía removiendo el chocolate, dije:

–Vamos, acaba rápido y pongámonos en marcha. Estoy impaciente por saber algo.

–Calma, chico –contestó con voz pausada–. Antes tenemos que pensar un poco más. Ya basta de hacer las cosas a tontas y a locas, como unos atolondrados...

–... ¡Como unos aficionados! –puntualicé.

–Como unos aficionados atolondrados, lo mismo da –casi gritó él, un poco nervioso. Y, recuperando su afabilidad habitual, prosiguió reflexivo–: Marc, ¿qué crees tú que es lo primero que hay que preguntarse ante un secuestro?

–Bueno... –vacilé. Me sentía casi como un alumno al que estuvieran examinando–. No sé... Qué indicios se tienen, las direcciones, los testigos, hacia dónde apuntan los datos de que se dispone...

–Está bien –dijo él adoptando un tono casi docente–. Todo eso que dices tiene que ver con las pruebas tangibles, pero a nivel de hipótesis, ¿hacia dónde debemos apuntar?

Me encogí de hombros.

–No sé.

–Es evidente. Cualquier novelucha policíaca lo explica. Tenemos que preguntarnos por el móvil.

¿Por qué han secuestrado precisamente al doctor Givert?

Era la última pregunta que se me hubiese ocurrido, pero entonces vi con toda claridad que se trataba de una cuestión esencial, e incluso evidente. Pero Jaume, que parecía haber superado el desánimo de hacía un momento, seguía hablando. Es reconfortante ver cómo hay gente que sabe sobreponerse en los momentos difíciles.

–Hipótesis A: secuestro económico. Evidentemente, ni tú ni yo sabemos nada de sus finanzas. Es un médico conocido, con un gran prestigio y bastante clientela, y todo el mundo sabe lo que cuesta la medicina privada. Pero de ahí a considerarlo un buen objetivo para una banda que quiere hacer dinero rápido, hay un buen trecho. Ni siquiera tiene detrás una empresa o un grupo de presión económica que en un momento dado pudieran pagar su rescate. No, decididamente, si yo tuviese que secuestrar a alguien por dinero, no lo escogería a él.

–Estoy de acuerdo contigo –dije–. Continúa.

–Hipótesis B: motivos políticos. La verdad, es una hipótesis que casi no hace falta ni tomarla en consideración. El doctor Givert nunca ha estado metido en política. Evidentemente ha ayudado siempre a la cultura del país, pero no me lo imagino militando en ningún partido.

Hizo una pequeña pausa y luego, poco a poco, como midiendo mucho las palabras, concluyó:

–Para mí solo quedan dos posibilidades: o ha sido una banda de locos o granujas (cosa que no tiene sentido, porque ya hemos visto que están bien organizados y armados), o detrás de todo esto hay otros motivos que se nos escapan.

–¡Vaya! –exclamé–. ¡Hasta ahí también llegaba yo!

Pero él continuó:

–Por ejemplo, motivos científicos. El doctor Givert no solo se dedica a la medicina privada. También ha trabajado en diversos proyectos de investigación. Quizá por ahí vaya la cosa. Tenemos que averiguar qué estaba estudiando últimamente.

Y sus ojos, fijos en los míos, brillaron esperanzados.

El doctor Givert

La casa del doctor Givert ocupaba toda una planta de un edificio de Pedralbes. Estaba en una calle limpia, tranquila y ajardinada, como tantas otras de los barrios de la zona alta. Los edificios eran bajos, amplios y soleados, y tenían grandes terrazas.

–¡Caramba, chico! ¡Qué tal barrio! –exclamé–. Cualquiera vive en Sant Andreu.

Jaume sonrió.

–¿Pues qué creías? Todavía hay clases.

Y nos reímos. Él, un poco nervioso, explicó:

–En realidad, nosotros vivimos un poco más abajo, en una casa antigua. Seguro que pagamos menos alquiler que tus padres.

–No, si conmigo no hace falta que te justifiques.

Habíamos llegado al número diecisiete de la calle Renieres.

–Es aquí. En el segundo.

Atravesamos un amplio vestíbulo y nos metimos en el ascensor. El portero, que leía el diario detrás de un mostrador, nos miró de reojo. Debía de estar acostumbrado a las frecuentes visitas que recibía el doctor Givert, porque no hizo ningún gesto de hostilidad, ni siquiera de extrañeza.

Una vez en el ascensor, Jaume me explicó:

–La segunda planta es toda suya. De hecho, una puerta da al consultorio y la otra al domicilio particular. Es un buen sistema. Debe de ser mucho más cómodo tener el trabajo en casa.

Habíamos decidido que nos presentaríamos como si no supiésemos nada. Sería demasiado difícil justificar la información de que disponíamos. Y hacerlo así, podría ser incluso más útil para calibrar las reacciones y los comentarios que surgieran de manera espontánea.

Teníamos una coartada para justificar nuestra visita. Jaume –que conocía al doctor Givert porque era paciente suyo, como toda su familia– quería presentármelo. El doctor era un gran aficionado a la numismática y yo tenía que hacer un trabajo precisamente sobre ese tema.

Me pareció que esa historia –si quieres un poco jalada por los pelos– era bastante verosímil y no despertaría recelos, ni de la familia ni de la policía. Además, lo importante no era la excusa –al fin y al cabo algo secundario ante la evidencia del secuestro–, sino el hecho de poder acceder con normalidad a la información y las reacciones de aquella gente.

–De entrada, lo que me sorprende –comenté todavía en el ascensor– es que en la calle no haya nada extraordinario. Ni policía, ni el montón de curiosos habitual en estos casos, ni siquiera un cierto nerviosismo por parte del portero...

–Eso no tiene mucha importancia –minimizó Jaume el asunto–. Puede que todavía no hayan avisado a la policía. Hasta cierto punto es lógico: no hace ni veinticuatro horas del secuestro. Quizá crean que ha sido un accidente, o esperen una llamada, qué sé yo.

–Sí, claro –respondí no muy convencido.

El ascensor se paró. Habíamos llegado.

–Bueno –dije–, sobre todo, debemos mostrar tranquilidad. Venimos a ver al doctor Givert. Ni tú ni yo sabemos nada. Si nos quieren ahuyentar con cualquier excusa, tenemos que tirarles de la lengua hasta que lo cuenten todo. Descripciones, posibles llamadas, pistas, hipotéticos móviles, las últimas visitas al doctor... Debemos comportarnos con la máxima naturalidad.

Jaume asintió. Salimos del ascensor y llamamos al timbre. Unos segundos más tarde, oímos acercarse los pasos acompasados y sonoros de la criada. A continuación, abrió la puerta y nos miró con displicencia.

–Hoy el doctor Givert no atiende –dijo.

–Ya lo sabemos –contestó Jaume con una aparente normalidad que sin embargo no pudo disimular cierto nerviosismo–. Soy Jaume Doménec. El doctor nos conoce desde hace mucho tiempo, a mí y a mi familia. Se trata de una visita personal.

La muchacha esbozó, de manera imperceptible de tan breve como fue, una mueca de contrariedad que en seguida fue sustituida por una leve sonrisa estrictamente profesional.

–Entren pues.

Y nos acompañó a una sala de paredes empapeladas y suelo de parquet, decorada con verdadero buen gusto. Los muebles eran sencillos y funcionales, y de las paredes colgaban cuadros de diversas medidas, todos ellos Picassos de la época azul.

Nos sentamos un poco nerviosos en un sofá y, cuando la criada se fue y cerró la puerta, Jaume dijo:

–¿Te has fijado? No sabía qué decirnos. Ahora seguramente irá a comentarlo con la mujer del doctor. Cuando nos den cualquier excusa, tendremos que ponernos pesados. No podemos irnos hasta saber realmente algo.

–¡Si eso es lo que te acabo de decir en el ascensor, chico listo! –exclamé yo.

Jaume pareció un poco desconcertado y agarró nerviosamente una revista. Yo lo imité. La verdad es que estaba angustiado.

Habrían pasado solamente unos cinco minutos cuando la criada volvió y nos dijo que podíamos pasar. Jaume y yo nos miramos con gesto contrariado. Miré el reloj. Era la una.

Por el pasillo estrecho y oscuro que recorríamos, Jaume me comentó al oído:

–No puede ser... Aquí hay algo muy raro.

Asentí. Fuera como fuese, no tardaríamos ni un segundo en saberlo.

La criada nos hizo entrar en un despacho inmenso y soleado, de paredes tapizadas. Una gran biblioteca repleta de libros cubría por completo dos lienzos de pared. Ante nosotros, había una mesa gigantesca, con brillo de barniz, y unas butacas antiguas de aspecto cómodo.

–Siéntense, por favor. En seguida vendrá el doctor –dijo esbozando la misma sonrisa superficial que antes nos había dedicado.

En cuanto cerró la puerta, Jaume exclamó:

–¡No entiendo nada! ¿Y tú?

–Yo tampoco, chico. En fin, es cuestión de esperar un poco. Dentro de un momento aclararemos el misterio.

Intenté calmarme, sin mucho éxito, y me dediqué a inspeccionar ávidamente la biblioteca. Los libros son mi pasión, y hay que decir que allí había muchos y buenos. Aquella biblioteca no tenía nada que ver con las que había observado normalmente en otras consultas médicas. Por vez primera, no me encontraba con aquellos lamentables volúmenes de tapas gordas y textos horribles, destinados sólo a aparentar una cultura en realidad superficial o inexistente. Muy al contrario, allí pude ver colecciones de gran valor intelectual, a las cuales hasta entonces no había tenido acceso únicamente debido a sus precios, muy por encima de mis posibilidades. Allí se encontraban –y lo digo sinceramente– los mejores volúmenes de arte, literatura y ciencia, además de los más conocidos diccionarios y la *Enciclopedia*. Todo ello, me hizo constatar que el doctor Givert debía de ser un hombre realmente muy ilustrado.

Pero en ese momento no tenía espíritu para hojear libros, de manera que me senté en una butaca, al lado de Jaume. Él resoplaba y se movía agobiado en el asiento.

–Tranquilo –le dije, pese a los nervios que me consumían–. No vamos a tardar mucho en descubrir el enigma.

–Pero ¿tú crees que de verdad puede aparecer? –preguntó casi gritando.

–No lo sé. Quizá lo hayan soltado. O tal vez haya conseguido escapar. En seguida lo sabremos.

–Sí, así es... –Y bajó la cabeza.

No obstante, la levantó de nuevo de golpe. La puerta se abrió poco a poco y dio paso al hombre al que habíamos estado buscando infructuosamente toda la noche. Era un señor mayor, con una enorme calva y gafas de montura metálica. Debía de medir más o menos un metro ochenta, y era más bien delgado.

Nos obsequió con una sonrisa y dijo en tono amistoso:

–Bueno, ustedes dirán...

Tenía una voz fuerte y clara, de locutor de radio.

Yo miré a Jaume. Creo que, en décimas de segundo, pasó del azoramiento más encendido a quedarse lívido. Abrió la boca pero no consiguió hablar. Finalmente solo balbuceó:

–Doc...tor... Gi...vert..., ¿usted aquí?

El hombre puso cara de extrañeza y se sentó en la butaca.

–¿Y qué tiene eso de raro?

Jaume se quedó de nuevo inmóvil, mudo. Creo que dudaba de lo que tenía que decir. Finalmente, soltó las siguientes palabras:

–Pero usted... Es decir, ¿ayer no se lo llevaron por la fuerza?

El doctor Givert lo miró cada vez más extrañado. Una de dos: o era un gran actor, o era totalmente sincero.

–Pero ¿qué dices? Si no me he movido de aquí.

Ahora era Jaume quien, después de la sorpresa, esbozaba una mueca de angustia. Yo mismo me iba ruborizando; notaba cómo en mi interior se iba incubando una creciente turbación, muy cercana a la sensación de ridículo. El hombre nos miraba con una mezcla de sentimiento paternal y conmiseración.

–Bueno, yo pensaba... –dijo finalmente Jaume. Y después, como pudo, desvió la conversación hacia un campo tan descorazonador como la numismática.

¿Se ha acabado todo?

Bajamos silenciosamente en el ascensor. Jaume todavía no daba crédito a lo que acabábamos de ver. En su interior debían de coexistir, en una especie de equilibrio inestable, una mezcla de sensaciones inconfesables: perplejidad, suspicacia, duda, sentimiento de fracaso... Yo preferí no decir nada para no herirlo.

Atravesamos el portal en silencio y salimos a la calle. El cielo estaba despejado. El sol brillaba y dulcificaba los semblantes.

Finalmente, Jaume se detuvo y dijo:

–Mira, chico, no entiendo nada. Tú has visto tan bien como yo a la banda de delincuentes, el local de la Travessera de les Corts...

Esa vez no me pude reprimir y dije:

–¡Yo solo he visto un taller que ha cambiado de propietario y que aún no funciona, un auto extranjero circulando de madrugada y un doctor más fresco que una rosa, en su casa, pasando el rato tranquilamente mientras nosotros hacíamos el tonto en medio de la calle!

Había ido subiendo el tono y, en las últimas palabras, casi grité. Pero él no se ofendió. Bajó la cabeza humildemente. Parecía que estuviese reflexionando.

Así pasamos por lo menos cinco minutos, recorriendo despacio, sin apenas darnos cuenta, las calles de Pedralbes hacia la Diagonal.

Cuando ya estábamos cerca de la plaza Francesc Macià, Jaume levantó la barbilla y exclamó:

–Marc, puedes pensar lo que quieras, pero me parece que deberías creer lo que te digo. Sabes que no estoy loco, ni voy por ahí fumado ni borracho como para tener alucinaciones, y tampoco veo visiones. Solo tengo dos ojos, pero me funcionan, lo sabes tan bien como yo.

En esos momentos yo ya no estaba enfadado. Me había desahogado con los gritos de antes y empezaba a pensar que había sido injusto.

–Está bien –contesté tranquilamente–. Sabes que te creo. Anoche viste al doctor Givert salir de su casa con dos individuos. Bien... –Ahora medía las palabras para no herirlo–. Supongamos que te acercaste y viste que uno de ellos tenía un objeto extraño, tal vez metálico. Pensaste que era un revólver. Es natural que así te lo pareciera. Pero...

Él me cortó de inmediato:

–¡Lo que te decía! ¡O sea que sí estás convencido de que vi visiones!

Me había dejado con la palabra en la boca. Me costó un gran esfuerzo no enfadarme y pensar fríamente lo que tenía que decir.

–¡No! No simplifiques, por favor. Lo que quiero decir es que, desde lejos, digamos que a una distancia de unos cinco metros, es muy difícil distinguir un objeto pequeño que lleve en la mano el ocupante de un coche.

Me miró de arriba abajo con aire de incomprendido, pero no dijo nada. Yo entonces esbocé una amistosa sonrisa y añadí:

–Mira, no vamos a discutir por una tontería. Al fin y al cabo, a pesar de haber dormido poco, lo hemos pasado muy bien un buen rato. Y para que veas que no te guardo rencor, te invito a comer en mi casa.

Me miró. Su cara se iluminó de golpe con una chispa de alegría. Pero no dijo nada.

Yo continué:

–En casa no hay nada del otro mundo, pero podemos comer bien. Con un buen plato en la mesa, podremos hablar con más tranquilidad.

Él dijo:

–Gracias, Marc. Tendré que llamar a mis padres y decirles que me quedo a comer.

–De acuerdo...

Entró en una cabina y marcó un número de teléfono. Fue una conversación corta. Dijo unas pocas palabras –inaudibles desde el otro lado del cristal, donde yo me encontraba– y colgó. Creo que no dejó ni unos segundos para que le contestasen nada.

Habíamos enfilado la Diagonal, y ahora bajábamos por la calle Villarroel, camino del metro. Jaume seguía silencioso y preocupado, seguramente dando vueltas a la «plancha» que los dos habíamos protagonizado.

–¡Es como un jarro de agua fría! –soltó al fin. Y después, pensativo–: Pero hay algo que no entiendo. Pongamos que lo hubiesen secuestrado...

Y, ante las protestas que yo estaba a punto de formular, levantó las manos con gesto nervioso.

–Déjame continuar. Estoy pensando en voz alta. –Y volvió a la reflexión–: Pongamos que ayer por la noche realmente lo hubiesen secuestrado y, más tarde, de madrugada o esta mañana, lo hubiesen dejado libre. Son suposiciones, ¿entiendes? Bien, en ese caso, ¿qué razones tendría el doctor Givert para no confesarlo? Podría ser que lo hubiesen dejado ir y quisiera volver a la vida normal sin comentarlo con nadie, quizá para no crear a su alrededor un ambiente de inseguridad, de angustia, o para no tener más problemas. O bien podría tratarse de un chantaje, de un simple y vulgar chantaje. En ese caso, es evidente que no comentaría nada...

Yo lo dejaba hablar sin prestar demasiada atención.

–... Por tanto, mi opinión es esta: el secuestro realmente ha existido. Yo mismo vi cómo se lo llevaban. Y que él afirme ahora lo contrario, no basta para desautorizar mi testimonio. Lo que hace es dificultar nuestro trabajo, porque nos obliga a buscar una razón por la cual ese acontecimiento es para él inconfesable. Y, como te he dicho antes, creo que ese motivo hay que buscarlo en sus últimas investigaciones.

Se calló y me miró inquieto. Finalmente, preguntó:

–Y bien, ¿qué piensas?

–Nada. Que no hace falta que te afanes más. Ese señor está en su casa, tan tranquilo. Y tú, no te lo tomes a mal, pero tienes una mente calenturienta.

–Gracias –dijo airado. Pero no se había ofendido, y añadió–: Tarde o temprano ya verás cómo tengo razón.

Habíamos llegado a la boca de metro de Hospital Clínic. Bajamos la escalera. La verdad, empezaba a tener hambre.

Una buena comida

Aquel mediodía lo pasamos muy bien. Habíamos quedado en que durante la comida no hablaríamos del tema y, con más o menos esfuerzo, lo conseguimos.

Fue realmente una comida muy agradable. Jaume resultó ser un excelente cocinero. Guisó el único plato que dijo que sabía hacer, macarrones. Pero ¡menudos macarrones! Repetimos los dos. Por lo que a mí respecta, ya te lo puedes imaginar. Preparé unos bistecs a la plancha, como siempre, que al final quedaron un poco crudos.

Todo ello regado con vino del país y champán. Debió de ser el alcohol el que propició aquella conversación alegre, llena de chismes del instituto. Más o menos en una hora, repasamos todos los chismes de clase, los últimos cambios de pareja y, en general, las últimas noticias en el terreno sentimental que habían llegado a nuestros oídos. No lo podemos remediar: somos cotillas por naturaleza.

Hay que decir que la ocasión, después de la última noche de tensión y con el compromiso formal de no hablar de aquel patinazo lamentable, también ayudaba.

Pese a todo, noté en el gesto, e incluso en la mirada de Jaume, una obstinada resistencia a resignarse al fracaso. Era evidente que se negaba a aceptarlo, y en diversas ocasiones lo descubrí en una actitud pensativa y con la vista perdida, lejos, muy lejos. Hasta le tomé un poco el pelo. Pero él ni se inmutó y, aunque momentáneamente volvía a la realidad, no tardaba mucho en perderse de nuevo en el mundo de hipótesis y teorías aparentemente inútiles que iba construyendo.

A las cuatro y media me fui a la cama a dormir una siesta. Hacía rato que una suave somnolencia me iba invadiendo. Mi cuerpo, falto de horas de sueño, cansado por la tensión y, también, bien comido y bien bebido, era incapaz de resistirse a ella.

Antes, sin embargo, invité a Jaume a que descansara él también un rato, pero educadamente rechazó el ofrecimiento. Saltaba a la vista que tenía otras cosas en la cabeza. En cambio, me preguntó dónde estaba el despacho de mi hermano. Xavier estudia quinto de medicina, y me dijo que quería consultar algunos de sus libros.

–Hay algunas cosas que no están claras, y no pararé hasta desentrañarlas.

–Bueno, tú verás –le dije yo–. Pero ten en cuenta una cosa. A las seis he quedado con Manel y un grupo de chicas. De manera que dentro de tres cuartos de hora, cuando suene el despertador, nos vamos, porque tú vienes conmigo: es la única forma de estar seguro de que no vas a hacer locuras. Y el caso queda archivado para siempre. ¿Entendido?

No dijo nada. Yo sabía que no podía hacerme ilusiones. Jaume es tozudo por naturaleza –en eso nos parecemos– y cuando se le mete una cosa en la cabeza no hay forma de convencerlo. Pero ya se sabe que la esperanza es lo último que se pierde.

Embargado por aquel sueño irresistible que se había apoderado de mí, en ningún caso habría podido imaginar todo lo que vino después.

Jaume se escabulle

A las cinco y veinticinco, el sonido metálico de la alarma del despertador me sobresaltó. Me despertaba de un sueño dulce y profundo, y no pude recordar qué había soñado.

Al encaminarme al cuarto de baño, me acordé de que Jaume estaba en el piso. Recorrí toda la casa buscándolo. No se oía nada y, en un primer momento, pensé que estaría durmiendo en alguna habitación, o quizá en el sofá del comedor. Pero no, no estaba en ninguna parte. Era evidente que se había ido.

Me lo confirmó una nota dejada con mucho cuidado encima de la mesa de mi habitación y que, en un primer momento, bien fuera por el atolondramiento o por el sueño, no había visto.

Era su letra y su estilo, de eso no tenía ninguna duda. El texto decía:

Marc:

He estado pensando y creo que he encontrado algunos elementos que pueden responder a mis dudas. Me falta sin embargo una confirmación empírica, que es lo que ahora mismo me dispongo a buscar. No te despierto por las siguientes razones:

a) Porque duermes muy profundamente y me da pena.

b) Porque dirías que estoy loco y que se trata de otra tontería.

No obstante, no te preocupes: te mantendré informado. Te llamaré a las nueve y media.

Jaume

P.D.: Que lo pases bien con Manel. Mucha suerte.

La verdad es que de entrada no me alarmé en absoluto. La forma en que había desaparecido, e incluso el estilo de la nota, me parecieron una de las típicas salidas a las que Jaume me tiene acostumbrado. Para mí, el caso estaba totalmente cerrado, y aquello era solo un último coletazo, por otra parte muy natural en una persona como él, que nunca se resigna al fracaso.

Así pues, releí la nota con una sonrisa y la volví a dejar cuidadosamente en la mesa de mi habitación. Decidí no preocuparme y seguir con mi vida, tal como había programado antes de que empezase todo aquel despropósito.

A las seis y cuarto ya estaba en la puerta del local donde había quedado con Manel. Había también otros compañeros del instituto y unas chicas, que me presentaron. Poco después, cuando ya estuvimos todos, entramos.

Era una sala como tantas otras, con suelo de moqueta, cómodos sofás, mesas en penumbra y una pista de baile pequeña, circular, iluminada por decenas de rayos de luz intermitente.

Pedí un cubata de ron y me senté al lado de una de aquellas chicas. Se llamaba Núria. La verdad es que me pareció excepcional, muy inteligente y despierta, y bastante guapa. Pero, pese a ella y a los demás compañeros, aquella tarde no lo pasé bien.

Poco a poco, al pensar en Jaume fue creciendo en mi interior una profunda angustia que acabó convirtiéndose en una obsesión enfermiza. Porque, a pesar de todo, no estaba tan loco como para desaparecer por una simple tontada. En la nota hablaba de elementos que podían responder a sus dudas, y aseguraba que iba en busca de una confirmación empírica. Algo se le había ocurrido, y cabía pensar que esa vez la cosa podía ir en serio. Recordé de nuevo la noche pasada cerca de los talleres J. Fernández y el coche que había salido a toda prisa de madrugada para ir a perderse en la gran ciudad. Verdaderamente, la huida de un coche a aquellas horas era un elemento bastante sospechoso. Al fin y al cabo, quizá Jaume tuviera razón, puede que en realidad hubiese visto cómo secuestraban al doctor Givert, que lo que vio en las manos de uno de aquellos individuos fuese de verdad un revólver. Existía pues un margen de duda que hasta entonces yo había desestimado y que me hacía temer por la vida de Jaume.

Estuve a punto de marcharme, pero finalmente desistí. Él había dicho que me llamaría a las nueve y media.

No tenía ningún sentido que fuese a casa antes, y tampoco sabía dónde localizarlo. Me costaba creer que hubiese vuelto al taller, o a casa del doctor Givert. Más bien me inclinaba a pensar que, si todo aquello era cierto, habría encontrado un nuevo indicio que lo habría llevado a otro escenario.

Me quedé pues en el local, pero demasiado angustiado como para pasarlo bien. No bailé ni una sola vez a pesar de la insistencia de mis compañeros, que no entendían el motivo de mi preocupación.

Otra vez el Taunus

A las ocho y media ya no pude más y me marché. El local estaba en la parte alta del Ensanche, cerca de la estación de metro de Entença. Pensé que tenía que ir a pasar a buscar la moto, que, desde la madrugada pasada, estaba en la Travessera de les Corts. Y tenía que hacerlo por dos razones. Primera, porque la podía necesitar. Y segunda, porque quería que estuviera en el garaje cuando mi hermano volviese la noche siguiente, de manera que no pudiese sospechar que la había utilizado.

El aire frío me refrescó la cara, y la relativa tranquilidad de la calle –paradisíaca, comparada con el bullicio absorbente del local de donde venía– me serenó. Atravesé una plaza en la que jugaban niños. En los bancos había algunas parejas. Estaba oscureciendo.

Me dije que, fuera lo que fuese lo que hubiera detrás de la nota de Jaume, no podía tardar mucho en saberlo.

De modo que, con una cierta prisa, me subí al metro y me planté en San Ramón en cinco minutos.

La moto seguía en la Travessera de les Corts, donde la había dejado. Nadie la había tocado. Delante mismo tenía los talleres Fernández, ante los cuales había pasado toda la noche anterior. Su aspecto era tranquilo. Daba la impresión de que no había nadie.

Sin embargo, de repente se me ocurrió una idea. Si Jaume tenía algo de razón en sus suposiciones, había que pensar que aquel local era una pieza clave en todo el montaje. Pensé que, si iba a inquietarme por las peripecias de mi amigo, lo más natural era que yo mismo comprobase que no estaba equivocado.

De su investigación de aquel taller no había salido ningún dato de interés. Quizá si venciese la torpeza y el vértigo que me anulaban, si por una vez me atreviese a llevar a cabo un esfuerzo gimnástico, podría averiguar algo significativo. Aunque solo fuese la constatación definitiva de que todo aquello no habían sido más que imaginaciones de Jaume.

Esa vez me pareció que no tenía que ser demasiado difícil dejarme caer por el patio interior hasta la ventanita del taller. El día anterior, Jaume había bajado, registrado el local y vuelto a subir en un cuarto de hora. Yo también podía hacerlo, a pesar de no tener su agilidad y sí una cierta prisa, pues a las nueve y media, cuando llamase, quería estar en casa.

Todavía no entiendo cómo es que me decidí a llevar a cabo aquel registro. Yo soy una persona bastante cuadrada;

siempre tengo que tener las cosas mínimamente programadas. Por eso ni sé cómo seguí aquel inesperado impulso, casi instintivo, que me golpeó de repente.

Llegar al principal no fue difícil. Otra vez llamé a un piso cualquiera y mentí: «Vengo a traer unos impresos municipales».

Una vez en el rellano, las cosas me parecieron un poco más sencillas. El ventanuco del taller seguía abierto, lo que me hizo pensar que desde la mañana no había aparecido nadie por el local.

Objetivamente, desde el principal no había una gran altura. No tenía que ser difícil deslizarse hasta el minúsculo suelo de cemento del patio de luces. Incluso en el caso de que perdiera el equilibrio, era prácticamente imposible que pudiera hacerme daño.

Me encaramé al marco de la ventana y desde allí empecé a dejarme caer, con una cierta aprensión. No era difícil porque, como había supuesto, pude apoyarme en las irregularidades de la pared. Una vez abajo, sin el nefasto efecto del vértigo, el breve trayecto recorrido me pareció aún más sencillo.

La ventanita que daba al patio estaba forzada y abierta de par en par. Seguramente Jaume, con las prisas y la tensión del momento, la había dejado así. Me elevé a pulso hasta el marco y entré en el lavabo del taller.

Ya estaba oscuro. En la reducida estancia solo entraban unos tímidos y pálidos reflejos de luz eléctrica procedentes de las ventanas de otros pisos. Por un momento, busqué febrilmente el interruptor, palpando sin éxito las paredes.

Pero al fin decidí dejarlo correr. Aunque el local parecía solitario, en cualquier momento podían llegar los dueños, y la luz sería un elemento que delataría inequívocamente mi presencia. Preferí trabajar con la única ayuda de un encendedor.

Di comienzo pues a un registro apresurado y sistemático. Efectivamente, el local era tal como Jaume lo había descrito. El taller, amplio y húmedo. La pequeña cabina en un rincón con muebles de despacho. El suelo sucio con la grasa de los automóviles. Los estantes, anchos y llenos de polvo, que ocupaban toda una pared.

Estaba nervioso. El corazón me latía a toda velocidad. Sentía un pavor incontenible que intentaba dominar racionalmente. Pero siempre quedaba la duda. En cualquier momento podía llegar alguien –se tratase o no de una banda de delincuentes–, pedirme explicaciones por mi presencia allí, denunciarme a la policía o, si las hipótesis de Jaume eran correctas, incluso asesinarme. Además, estar a oscuras me agobiaba enormemente y aumentaba mi inseguridad. Tenía el cuerpo tenso y erizado, y los nervios a flor de piel.

El registro, breve y angustioso, fue una vez más decepcionante. Jaume tenía razón: no había ningún indicio que permitiese llevar a cabo una inspección en toda regla. Entonces, cuando ya me dirigía hacia el lavabo para marcharme, oí el sonido de un motor al otro lado de la puerta metálica. Un coche se había parado. Por el ruido que me llegaba con toda nitidez, deduje que de él salía un individuo y que empezaba a hurgar en el candado. En pocos segundos, la persiana se levantó, y un coche extranjero –precisamente el Taunus que habíamos perseguido la pasada madrugada– entró en el taller.

Yo estaba en medio del local, y había tenido el tiempo justo de esconderme en el despacho, debajo de la mesa. Era un sitio demasiado visible como para resistir un registro mínimamente sistemático. Pero no habría tenido tiempo de buscar ningún otro escondite y, en aquellos momentos, tampoco se me ocurrió otra cosa.

Aguanté con fuerza la respiración. Desde donde estaba no veía nada, pero agucé el oído. Debía mantenerme en tensión, listo para reaccionar ante cualquier contrariedad.

Oí claramente dos golpes secos, casi coincidentes. Después, unos pasos apresurados se dirigieron hacia el lavabo. Del coche habían salido dos hombres y se encaminaban hacia allí. A continuación, abrieron la puerta de una patada. Entonces, uno de ellos dijo:

–Este mocoso ha estado por aquí. La ventana está abierta de par en par.

Era una voz baja y seca, primitiva como un bramido cavernario.

El otro hombre debió de asentir. Finalmente, dijo:

–No perdamos el tiempo. Espero que el pollito haya actuado solo.

Su voz era distinta a la del otro individuo, más aguda y gutural, como de pato asustado. No esperé a que terminasen de hablar. Imaginaba que a continuación irían hacia el pequeño despacho donde yo estaba, achicado y tenso. Quizá por eso, con una rapidez de reflejos no muy habitual en mí, salí corriendo hacia el coche. La puerta trasera del mismo estaba cerrada, pero por suerte no tenía puesto el seguro y podía abrirse desde fuera. Así la manija con mucho cuidado y, lentamente, fui tirando de ella cada vez más hasta que cedió de golpe.

Entonces, entreabrí la puerta con todas las precauciones hasta conseguir un hueco lo bastante amplio como para colarme por él. Miré afanosamente la zona que resultaba visible para mis ojos asustados y comprobé con pánico que, tumbado en el asiento posterior, había un individuo amordazado y maniatado. Mi primera reacción fue de temor, pero a continuación, haciendo un gran esfuerzo para calmarme, vi que el chico que estaba allí, atado de pies y manos, era Jaume.

Esbocé un gesto rápido, casi instintivo, con la mano para indicarle que no se moviera ni mostrase ninguna reacción que a los ojos de aquellos individuos pudiera parecer sospechosa. Mira por dónde, sus cavilaciones, que hasta entonces me habían parecido tremendamente fantasiosas, de golpe se volvían reales. Me enfrentaba, nos enfrentábamos, a una banda de delincuentes organizados y sin escrúpulos. Por un momento, todas sus frases me vinieron a la cabeza, y me sentí terriblemente culpable de su suerte.

Los dos hombres habían acabado su inspección del cuarto de baño, y ahora se dirigían hacia el despacho donde yo había estado escondido hasta hacía unos segundos. Por una vez, había sido lo bastante rápido. Ahora tenía que actuar de nuevo con prontitud y discreción. Me metí en el coche, achicado entre los asientos delanteros y traseros, y cerré despacio la puerta. Me pareció que, pese a mis precauciones, el golpe había sido demasiado fuerte, y temí que los dos malhechores se hubiesen dado cuenta. Pero ellos continuaban su inspección apresurada, excesivamente confiados.

De repente, cerraron la puerta del pequeño despacho y volvieron al coche. Caminaban de prisa, con decisión. Yo contuve el aliento, angustiado. Al cabo de unos segundos, abrieron las puertas delanteras y entraron. El hombre del asiento de la derecha jadeaba.

–Bueno, me parece que borrando a este individuo del mapa se nos habrán acabado los problemas.

Era el de la voz aguda y pastosa. A continuación, se volvió hacia Jaume, que estaba pálido y encorvado, tumbado en el asiento posterior, y siguió hablando. Sus palabras, que me llegaban ahora con más claridad, adquirieron un tono repentinamente cínico.

–No quisiera estar en tu pellejo, pollito.

Jaume hizo un gesto nervioso que contrajo todo su cuerpo, y soltó una queja ininteligible, apagada por la mordaza.

Los hombres sonrieron.

–Vamos –dijo el individuo de voz aflautada.

El coche salió despacio del taller y se paró de nuevo. El conductor volvió a bajar y cerró pesadamente la persiana metálica.

A continuación, enfiló la calle a toda velocidad, camino de un futuro angustioso e incierto.

Una finca cerca de Cornellà

El auto enfiló de nuevo la carretera de Esplugues a toda velocidad. A aquella hora no había demasiado tránsito. Los dos individuos se dirigían a su destino con una aparente seguridad. No me pareció que diesen ninguna vuelta innecesaria para despistar a Jaume o a cualquier posible perseguidor. Sin ningún género de dudas, la suerte que tenían decidida para mi amigo era evidente.

Durante todo el viaje, experimenté una serie de extrañas sensaciones. Por un lado, lamentaba mi incredulidad, que, a buen seguro, era la culpable de la situación que en esos momentos Jaume estaba viviendo. Por otro, daba gracias por la curiosidad que me había llevado a investigar de nuevo aquel local, e incluso la oportunidad con que lo había hecho. Cinco minutos antes, y me habría ido con la certeza de que todo eran imaginaciones de mi buen amigo. Cinco minutos después, y me habrían sorprendido de lleno, mientras me deslizaba torpemente por el marco de la ventana.

Miré varias veces a Jaume, en silencio, conteniendo la respiración. Vi que él también me miraba con afecto. Poco a poco, la lividez había ido desapareciendo de su rostro, e incluso me pareció que, bajo la mordaza, me sonreía con una cierta confianza.

Cuando llevábamos ya unos minutos de marcha, levanté temerosamente la cabeza. Ahora podía observar la espalda de aquellos dos individuos. El conductor era moreno, gordo y peludo, y llevaba un jersey azul de manga corta, poco corriente para aquella época del año. Por su situación en el coche, supuse que era el hombre de voz grave y primitiva que había hablado el primero en el taller. A su lado se sentaba el otro, enclenque y de rasgos más finos. Pese a su aparente juventud, ostentaba una calva blanca y brillante.

El automóvil mantenía su rumbo acelerado. Por el hueco entre los dos asientos delanteros pude ver el marcador de velocidad. Íbamos a ciento diez kilómetros por hora. No me extrañó pues que la noche anterior se nos hubiesen escapado con tanta facilidad.

Miré por las ventanillas laterales. Estábamos a punto de llegar a Esplugues. Pronto alcanzamos el cruce de incorporación al carril que venía de la Diagonal y, a continuación, pasamos bajo el puente de la carretera general, un giro alargado y casi circular que me obligó a sujetarme con fuerza al asiento para no perder el equilibrio.

Nos dirigíamos a Cornellà, era evidente. Sin embargo, antes de llegar, el coche tomó un desvío y nos encontramos en una calle estrecha y llena de baches, flanqueada por casas bajas y oscuras.

La noche era templada. Las farolas emitían pequeñas partículas de luz que se estrellaban contra el adoquinado. Jaume me miró y me guiñó un ojo amistosamente. El vehículo pronto redujo la velocidad hasta detenerse sin estridencias. Los dos hombres bajaron de él y cerraron las puertas delanteras con golpes secos y seguidos.

Abrieron detrás. Yo había agarrado con fuerza las piernas y me había agachado, intentando ocupar el menor espacio posible. Por suerte, estábamos a oscuras, lejos de la ciudad, y no se darían cuenta de mi presencia. Indudablemente, su seguridad los había traicionado.

El hombre de voz gruesa se dirigió a Jaume diciendo:

–¡Arriba, ahora sabrás lo que es bueno!

Y de un tirón lo levantó del asiento.

Después cerraron la puerta y se encaminaron a una finca que había a unos veinticinco metros.

Era una casa de payés inmensa y destartalada, que debía de estar vacía. Las ventanas, enormes, estaban todas cerradas, así como la puerta, que abrieron con una llave. No se veía ni un resquicio de luz.

Miré el cielo estrellado, tan distinto del magma neblinoso y apagado que cubre, a tan sólo unos kilómetros, Barcelona. Suspiré amargamente. A pesar de las amenazas que habían dirigido a Jaume, no creía que quisieran matarlo, al menos no de momento. Aquella finca era el típico escondite perfecto, y estaba convencido de que pretendían tenerlo allí unos días, donde no pudiese estorbar.

Una conmoción pesarosa, fruto de la impotencia, me atenazaba. Sin embargo, el aparente silencio que siguió al agudo chirrido con que cerraron la puerta de la finca, me tranquilizó.

Bajé del coche con precaución y me tumbé detrás de una roca, desde donde podía divisar claramente cualquier movimiento que se produjese fuera de la casa. La forzada postura que había tenido que mantener en el coche me había entumecido brazos y piernas, que ahora me hormigueaban dolorosamente. Por otra parte, no iba demasiado abrigado, pero no tenía nada de frío.

Con la mirada fija en la puerta inmóvil de la finca, pasé largo rato reflexionando. Había demasiadas cosas que no encajaban en aquella historia disparatada que, involuntariamente, me había tocado vivir. Me daba la impresión de que, en todos aquellos hechos aparentemente contradictorios en los que me había visto inmerso en apenas veinticuatro horas, había muchas preguntas sin respuesta. La inesperada llamada de Jaume de madrugada y su angustiado relato de un secuestro; la vigilancia de aquel taller y, a continuación, la infructuosa persecución del Taunus; luego, el secuestrado asegurando que no se había movido de casa; y, finalmente, Jaume que desaparece diciendo que tiene una pista importante, y al que me encuentro amordazado y atado de pies y manos, en el mismo Taunus y en el mismo local de la madrugada pasada.

Una cosa me intrigaba especialmente: ¿cuál era el papel del doctor Givert en aquella historia? ¿Había actuado aquella mañana bajo coacción, tal vez de una pistola que lo amenazaba desde algún lugar oculto? ¿Era simplemente un personaje secundario sin relación directa con la acción? ¿O bien era uno más –seguramente el jefe– de aquella banda de delincuentes? ¿Y cuáles eran en ese caso los objetivos de esta?

Todo en conjunto demasiado extraño, demasiado confuso, al menos para mí. Porque cabía pensar que, a esas alturas, Jaume tenía más información y que, precisamente por eso, y seguramente también por su actitud temeraria y un poco atolondrada, había sido secuestrado.

Dejé de darle vueltas. Era evidente que me faltaban datos para encajar todo aquel rompecabezas y que solo los podría conseguir cuando pudiera liberar a mi amigo.

En la casa no se había producido ningún nuevo movimiento. Solo una ventana de la planta baja dejaba escapar unos tenues rayos de luz. Seguramente no habría novedades en toda la noche. Decidí esperar media hora más. Si después de aquel plazo la situación seguía igual, tendría que tomar una decisión y entrar, a riesgo de lo que fuera.

Mientras, pacientemente, iba elaborando un plan.

La liberación

Eran las diez y cuarto. Hacía más de cinco minutos que resistía aquella espera tensa y angustiosa. Nada me permitía pensar que la situación fuese a cambiar a lo largo de la noche. Los nervios me estaban consumiendo lentamente, en una especie de martirio prolongado e inhumano.

Una sola idea absorbía mi mente agotada: no estaba dispuesto a quedarme plantado otra vez toda una noche, esperando cualquier novedad ante la cual me sería imposible reaccionar a tiempo. Esa vez tenía que ser yo quien tomase la iniciativa, ser el primero en mover pieza en una partida de ajedrez de la que lo desconocía casi todo. Sabía perfectamente que me enfrentaba a una banda organizada, y que debía ser astuto para ganar. En esas circunstancias, el factor sorpresa podía ser imprescindible para la victoria, y era sin duda un elemento con el que tenía que contar.

Esa era la parte racional. Después estaba todo aquello que, pese a mis esfuerzos para racionalizar lo que iba a hacer, pesaba más en la balanza: la angustia, el nerviosismo que me atenazaba. Solo la acción, por loca y temeraria que fuese, podría acabar con aquel runrún paralizador.

Así pues, decidí actuar de inmediato. Y lo hice de una manera instintiva, un poco a lo que venga y sin reflexionar, como un aficionado.

Me acerqué con precaución a la finca, escondiéndome aquí tras una roca y allí detrás de una mata, procurando no hacer ningún ruido que me delatase. Recorrí así el camino que me separaba de la primera ventana de la casa, la única de la que se escapaba un poco de luz mortecina, como de bombilla de poca potencia. Era una distancia corta aunque a mí me pareció larga.

Levanté la cabeza con mucho cuidado, con un leve movimiento que me permitió distinguir, detrás de una cortina, los rostros de aquellos dos individuos. Era la primera vez que les veía la cara. El moreno era más bien bajo y gordito, como había podido vislumbrar en el coche, y muy peludo. Lucía un pobladísimo bigote que se alargaba de manera desigual en las puntas. Sus ojos eran pequeños y vivos, oscuros como una noche sin luna. El otro, delgado y enclenque, llevaba una mata de pelo cuidadosamente peinada sobre la frente. Sus rasgos eran finos, como todo su cuerpo, y sus ojos, inmensos, tenían un brillo especial de un azul luminoso.

Debían de tener más o menos unos treinta años. Estaban hablando y fumando tranquilamente.

Bajé nuevamente la cabeza. Tenía el cuerpo achicado, en tensión. El corazón me latía acelerado. Me dije que tenía que poner en práctica todo lo que había estado planeando hasta entonces.

Rehíce el camino hasta el coche con las mismas precauciones de antes y abrí con cuidado la puerta del conductor. Dentro del coche, en la guantera, había una caja de herramientas. Agarré una llave inglesa, una muy grande, y la apreté con fuerza entre las manos. Entonces, por primera vez, respiré hondo, intentando concentrarme en lo que tenía que hacer. A partir de aquel momento, tendría que ser muy rápido.

Me saqué el pañuelo del bolsillo y lo até al volante, con un nudo inexperto pero sólido. Para el siguiente paso necesitaría de toda mi agilidad, pero no dudé ni un momento en darlo al instante. Más valía acabar cuanto antes, fuera cual fuese el resultado final.

Le di pues un fuerte tirón al pañuelo y lo até con fuerza al otro lado del volante. El claxon, situado en el centro del mismo, aulló con fuerza, propagando su alarido en el silencio de la noche como una sirena imparable. A continuación, salí corriendo para parapetarme contra las paredes de la finca, junto a la puerta.

Por un momento, temí haber sido demasiado lento, que los hombres hubiesen advertido mi carrera. Pero no, era imposible. Estaban demasiado despreocupados como para reaccionar inmediatamente. Y los segundos que tardaron en asomarse a la ventana, bastaron para que yo ganase la pared.

El claxon continuaba lanzando a todas partes su bramido estridente. Aquellos dos no podían tardar mucho en salir, y seguro que lo harían con precaución y presteza. Tenía que ser lo bastante rápido como para reducirlos. Me dije que el elemento sorpresa contaba a mi favor. Con un poco de sangre fría, me haría en seguida con la situación. Sujeté la llave inglesa con ambas manos y esperé su irrupción con una cierta seguridad.

La puerta se abrió y a continuación salieron los dos individuos. Durante breves instantes se quedaron clavados delante de mí, con sendas pistolas en las manos, tal vez esperando distinguir la figura de quien hacía sonar el claxon con tal afán. No me habían visto. Era evidente que, de momento, la situación los superaba.

Actué con rapidez. Con toda la fuerza de mis brazos, descargué dos golpes colosales en sus cabezas. Los dos hombres cayeron redondos. Uno perdió completamente el sentido. El otro, el moreno, me pareció que movía instintivamente brazos y piernas. Le di otro golpe, esta vez más fuerte que el anterior, y dejó de moverse.

No tenía mucho tiempo. Podían recuperar rápidamente la conciencia. Por ese motivo, primero reuní las pistolas que se les habían caído al suelo y, a continuación, los até de pies y manos y los coloqué boca abajo. Hice unos nudos como pude pero fuertes. No podrían soltarse.

Después, más tranquilamente, fui hasta el coche y deshice el nudo que apretaba el claxon. Su grito histérico se detuvo en seguida. Solo entonces me detuve y di un hondo suspiro. Pero únicamente durante unos segundos, porque de inmediato me encaminé hacia la casa a toda velocidad. Tenía que encontrar a Jaume cuanto antes.

Así pues, entré en la finca con expectante precaución que, al comprobar que allí no había nadie, se convirtió al instante en pausados movimientos. Era una casa grandiosa, enorme, y no sabía por dónde empezar. En la estancia donde estaban los hombres antes de salir, la única iluminada con una tenue bombilla, había una mesa de *camping* plegable y unas sillas. El edificio debía de hacer muchos años que estaba deshabitado, y esos fueron los únicos muebles que encontré.

Por instinto, subí los escalones que me separaban del piso de arriba. No se oía ningún ruido. Iba examinando las habitaciones, desnudas e inmensas, apresuradamente, y empecé a gritar:

–¡Jaume! ¡Jaumeeeeee...!

Nadie me contestó. Pero era evidente que él tenía que estar allí, y vivo. No había oído ningún disparo... De repente empecé a angustiarme y, por un segundo, temí por su vida. Fue un momento breve y estremecedor que expulsé de mi cerebro con todas mis fuerzas. ¡No, lo que por un instante había cruzado mi imaginación no podía ser!

La búsqueda en aquella planta fue infructuosa. Después encontré una escalera de madera, vieja y carcomida, que llevaba al desván. Sí, aquel era un buen sitio para esconderlo.

Subí los escalones deprisa y corriendo. La puerta estaba cerrada. Descendí un par de escalones para tomar carrerilla y me lancé contra ella con todas mis fuerzas. La hoja se abrió de golpe a una habitación a oscuras en la que se oía el sonido de respiraciones humanas.

–¡Jaume! –llamé, plantado en el umbral.

Me llegó un leve roce, como si alguien que estuviese atado quisiera moverse. Encendí el mechero y entré resueltamente en la habitación. Sí, era él. Y vivo. Pero no estaba solo. A su lado había un hombre, también atado y amordazado.

Me moví rápidamente. Desaté primero a Jaume y, a continuación, sin un segundo para los abrazos y los sentimientos, hice lo mismo con el hombre. Era el doctor Givert.

El secreto del doctor Givert

Entonces, sí. Entonces llegaron los abrazos, los gritos, los llantos conmovidos y fraternales que la sorpresa había frenado antes. Y luego, mientras todavía emocionados bajábamos los escalones de madera para comprobar si aquellos individuos se habían despertado, llegaron las explicaciones.

Todo era muy sencillo y complejo a un tiempo. El propio Jaume me lo explicó excitado, con la voz aflautada por la emoción, pero también con cierta arrogancia que lo llevó a divagar, quizá para mantenerme en vilo aún un rato.

–En tu casa he hojeado un poco la revista *Mirador de la Medicina,* la conoces, ¿verdad?

–Sí, claro, mi hermano tiene toda la colección. Pero continúa.

Jaume miró al doctor Givert y los dos sonrieron. Sus caras denotaban todavía cierto nerviosismo. Luego prosiguió.

–Pues en el número ocho lo decía bien claro. –Y me acercó la revista.

Yo la tomé ávidamente. Con los ojos bien abiertos, leí apresuradamente, con creciente sorpresa, el siguiente texto:

«¿SERÁ POSIBLE CREAR PRONTO HOMBRES MÁQUINA?

»Desde hace algunos años, el doctor Givert está trabajando en un ambicioso proyecto que, si se lleva a sus últimas consecuencias, llegará a ser revolucionario.

»En efecto, el conocido neurólogo, uno de nuestros científicos más eminentes, está estudiando un proyecto sorprendente e innovador. Se trata de crear el robot perfecto que reproducirá fielmente los gestos, la voz e incluso el comportamiento de los hombres.

»Mediante complicadísimos procedimientos, basados en los más recientes descubrimientos de la informática y las últimas aportaciones sobre la morfología de las neuronas, los estudios del doctor Givert muy pronto harán posible la creación de "robots perfectos" que imiten hasta en los más mínimos detalles el comportamiento de los humanos.

»Si quiere tomarse unas repentinas vacaciones sin que nadie de su entorno lo sepa, seguro que este proyecto le interesa.

»El doctor Givert, en una larga entrevista que publicamos a continuación en rigurosa exclusiva mundial, habla por vez primera de sus avanzadísimos estudios...»

La excitación no me permitía leer la letra pequeña que seguía a esa breve introducción.

–Es fantástico, ¿verdad? –dije gritando.

Ellos dos sonrieron.

–Quizá demasiado... –replicó Jaume.

En un impulso incontenible, agarré el brazo del doctor Givert.

–Eso quiere decir que el hombre con el que hemos hablado esta mañana no era usted... Que no era más que...

Me detuve. Necesitaba tomar aliento para pronunciar aquellas palabras:

–...que una máquina.

–Sí, claro –contestó él. Y explicó–: Por un escrúpulo que quizá les parezca exagerado, nunca me ha gustado experimentar con personas como si fuesen conejillos de Indias. Lo que han visto es una máquina y, por lo que me cuentan, mi invento funciona.

–Pero ¿cómo... cómo ha pasado todo esto, doctor?

Me costaba articular frases medianamente coordinadas y lógicas.

–Verán, ayer por la noche, este par de facinerosos –dijo mirándolos– me vinieron a buscar. Como desgraciadamente he podido comprobar, lo sabían todo. Bajo la amenaza de sus armas tuve que poner la máquina en funcionamiento y, a continuación, se me llevaron.

Yo no conseguía salir de mi asombro.

–Pero ¿qué pretendían? –pregunté.

–Es evidente –contestó él con aplomo–. Querían que les entregase la fórmula para después librarse de mí. Imagínate: capaces de crear hombres máquina perfectos, se convertirían en enormemente poderosos. Podrían crear decenas de figuras paralelas y situarlas en lugares clave: gobernantes, banqueros...

–¡Ya! –exclamé yo y, volviéndome hacia Jaume le pregunté–: ¿Y cómo es que te han atrapado a ti?

–Pues verás, al leer el artículo se me ha puesto la carne de gallina. Entonces he empezado a comprender la entrevista que habíamos tenido al mediodía con la reproducción del doctor Givert. De repente, una serie de detalles, de frases, de gestos, me parecieron sospechosos, y he decidido ir a visitarlo de nuevo y comprobarlo. Conocía su afición por las setas. Pues bien: ese es un aspecto que, por lo visto, el doctor Givert no había programado en la máquina, ¿no es así? –le preguntó con una rápida mirada.

–Efectivamente. De hecho, ha sido un problema de tiempo. Creo que estos individuos se han precipitado.

–De acuerdo –dije algo impaciente mientras, inquieto, miraba a Jaume–. Pero ¿qué relación tiene eso con el hecho de que te hayan atrapado?

–Elemental –contestó el doctor Givert en su lugar–. Se trata de una máquina tan perfecta que incluso tiene un dispositivo que avisa a quienes la controlan cuando considera que ha sido descubierta.

–¡Alucinante! –exclamé.

Mi curiosidad estaba momentáneamente satisfecha, pero la perplejidad me mantenía con la boca abierta.

Jaume me hizo bajar de las nubes.

–Bueno, ahora tenemos un problema: ¿qué hacemos con estos dos ladronzuelos? Dormidos parecen unos angelitos, pero no tardarán en despertarse.

Estaba claro, ¡algo teníamos que hacer con aquel par! Pero de repente se me ocurrió una idea:

–¿Creen que estos dos actuaban solos? Un robo de alta tecnología, con un secuestro y quizá homicidio por medio, no puede ser obra de unos aficionados. –Seguí reflexionando en voz alta–: Además, pensemos por un momento en toda la gente potencialmente interesada en un invento de este tipo. Las grandes superpotencias y un montón de estados, la CIA, el KGB, el Foreign Office, el FBI..., ¡qué sé yo! Imaginemos a cualquiera de estos grupos organizando una red de espías mecanizados y convenientemente programados, que pudiesen llegar con facilidad a las cimas más altas de la estructura de poder de sus estados enemigos...

–Sí, claro... –dijo Jaume, que parecía no haber pensado en ello.

El doctor Givert adoptó un aire grave, como si meditase sobre lo que yo acababa de decir. Por unos segundos, planeó en el aire un silencio inquietante que finalmente rompió. Hablaba despacio, como si pensara cada palabra:

–Creo que no. Todas esas potencias que has nombrado se dedican a cosas serias. La NASA, el Pentágono, el Kremlin... Si acaso, los procedimientos industriales japoneses o, como mucho, suizos. Pero ¿tú crees realmente que pueden imaginar que un médico de aquí, sin ayudas del Estado, ni subvenciones privadas, ni colaboradores, puede ser capaz, él solo, de lograr algo semejante?

–De acuerdo... –repliqué–. Pero está la revista. ¡Y no me diga que en nuestro país no hay espías!

El doctor Givert meneó la cabeza, nervioso.

–¡Desde luego que los hay! Pero no se dedican a estudiar los procesos científicos o tecnológicos. Es en el último aspecto en el que piensan que vamos a darles una sorpresa. Y no creo que la revista tenga una gran tirada, y menos aún que llegue a sectores fuera del ámbito de la medicina.

–Sí, es verdad. –Me di por vencido.

Pero el doctor Givert añadió amargamente:

–Esta vez, no habrá ninguna sorpresa –y ahora silabeaba las palabras–: Pienso destruir mi obra.

Nos quedamos de piedra. Jaume protestó:

–Pero doctor...

–Es doloroso, pero hay que hacerlo. He trabajado en este proyecto con mucha ingenuidad, como si fuese un juego. Solo imaginaba aplicaciones positivas: en el ocio, en la producción, en trabajos de riesgo... Ha tenido que pasar todo esto para convencerme de que se puede llegar a convertir en un arma muy peligrosa.

Hablaba con cierto pesar. Esa decisión debía de ser verdaderamente dolorosa para alguien que, durante años y años, había trabajado con total dedicación en aquel proyecto.

Nosotros callamos, meditabundos. Sentía un gran respeto por aquel hombre. No solo por su altura intelectual, sino también, y especialmente, por su talla humana, que de repente nos mostraba al tomar esa decisión.

–Bueno –dijo finalmente esbozando una leve sonrisa–, ¿qué se le va a hacer? Los peligros de esta sociedad nos aconsejan que no hagamos avanzar demasiado la ciencia, sobre todo en determinados campos...

–¿Y qué hacemos con estos dos? –pregunté yo.

–Mira, no podemos llevarlos a la policía. Tendríamos que explicar demasiadas cosas, se interesarían por mi invento... Todo debe ser más sencillo. El secuestro no ha existido. A mí nadie me habrá echado en falta. Y en lo que respecta a este par, los dejaremos aquí bien ataditos, que duerman un buen rato. Una vez destruido el invento, ya no tendré nada que les interese. Y quizá esto les sirva de escarmiento...

–Bien, de acuerdo, seamos magnánimos –dijo Jaume riendo–. Pero si lo somos con ellos, también tenemos que serlo con nosotros: ahora nos vamos todos a tomar algo, a acabar bien el *show*.

–¡Sí, sí! –exclamé yo entusiasmado.

–Bueno, ¡qué remedio! –sonrió el doctor Givert.

Subimos al auto de aquellos malhechores y en veinte minutos estuvimos en un local del centro de Barcelona.

Fue una noche muy divertida. A la una y media, cansado y sudoroso, el doctor Givert se marchó. Le quedaba mucho por hacer: tenía que destruir el hombre máquina y los planos. Nosotros nos quedamos bailando aún un buen rato.

Índice

De cómo podía haber sido aquel fin de semana 9
Una llamada 12
Jaume y yo 17
Un caso difícil 21
El primer error 27
Un camino 30
Una inspección 33
Empezamos a pensar con la cabeza 37
El doctor Givert 44
¿Se ha acabado todo? 51
Una buena comida 56
Jaume se escabulle 59
Otra vez el Taunus 63
Una masía cerca de Cornellà 70
La liberación 75
El secreto del doctor Givert 81

Agustí Alcoberro

Nació en Pals (Girona) en 1958, aunque se trasladó a vivir a Barcelona con toda su familia a los pocos años. Es doctor en Historia y se ha dedicado a la enseñanza en todas sus etapas: Primaria, Secundaria, Bachillerato, Universidad y Formación de adultos.

Tiene obra publicada en el campo de la Historia y obras de literatura con las que ha ganado algunos premios prestigiosos, tanto juveniles como de adultos. Ha escrito artículos en periódicos y en revistas de historia, así como guiones de televisión. Ha montado exposiciones históricas para museos.

Le gusta leer, viajar y montar en bicicleta. Le gusta escuchar, observar y sacar conclusiones. Y siempre aprende de sus lectores.

Si quieres saber más cosas o quieres ponerte en contacto con él, puedes consultar su página web: www.agustialcoberro.com

Bambú Primeros lectores

El camino más corto
Sergio Lairla

El beso de la princesa
Fernando Almena

No, no y no
César Fernández García

Los tres deseos
Ricardo Alcántara

El marqués de la Malaventura
Elisa Ramón

Un hogar para Dog
César Fernández García

Monstruo, ¿vas a comerme?
Purificación Menaya

Pequeño Coco
Montse Ganges

Daniel quiere ser detective
Marta Jarque

Daniel tiene un caso
Marta Jarque

El señor H
Daniel Nesquens

Miedos y manías
Lluís Farré

Bambú Enigmas

El tesoro de Barbazul
Àngels Navarro

Las ilusiones del mago
Ricardo Alcántara

La niebla apestosa
Joles Sennell

Bambú Jóvenes lectores

El hada Roberta
Carmen Gil Martínez

Dragón busca princesa
Purificación Menaya

El regalo del río
Jesús Ballaz

La camiseta de Óscar
César Fernández García

El viaje de Doble-P
Fernando Lalana

El regreso de Doble-P
Fernando Lalana

La gran aventura
Jordi Sierra i Fabra

Un megaterio en el cementerio
Fernando Lalana

S.O.S. Rata Rubinata
Estrella Ramón

Los gamopelúsidas
Aura Tazón

El pirata Mala Pata
Miriam Haas

Catalinasss
Marisa López Soria

¡Atención! ¡Vranek parece totalmente inofensivo!
Christine Nöstlinger

Sir Gadabout
Martyn Beardsley

Sir Gadabout, de mal en peor
Martyn Beardsley

Alas de mariposa
Pilar Alberdi

Bambú Grandes lectores

Bergil, el caballero perdido de Berlindon
J. Carreras Guixé

Los hombres de Muchaca
Mariela Rodríguez

El laboratorio secreto
Lluís Prats y Enric Roig

Fuga de Proteo 100-D-22
Milagros Oya

Más allá de las tres dunas
Susana Fernández Gabaldón

Las catorce momias de Bakrí
Susana Fernández Gabaldón

Semana Blanca
Natalia Freire

Fernando el Temerario
José Luis Velasco

Tom, piel de escarcha
Sally Prue

El secreto del doctor Givert
Agustí Alcoberro

La tribu
Anne-Laure Bondoux

Otoño azul
José Ramón Ayllón

El enigma del Cid
M.ª José Luis

Almogávar sin querer
Fernando Lalana y Luis A. Puente

Pequeñas historias del Globo
Ángel Burgas

El misterio de la calle de las Glicinas
Núria Pradas

África en el corazón
M.ª Carmen de la Bandera

Sentir los colores
M.ª Carmen de la Bandera

Mande a su hijo a Marte
Fernando Lalana

Bambú Grandes Viajes

Heka
Un viaje mágico a Egipto
Núria Pradas

Raidho
Un viaje con los vikingos
Núria Pradas

Koknom
Una aventura en tierras mayas
Núria Pradas

Bambú Descubridores

Bajo la arena de Egipto
El misterio de Tutankamón
Philippe Nessmann

En busca del río sagrado
Las fuentes del Nilo
Philippe Nessmann

Al límite de nuestras vidas
La conquista del polo
Philippe Nessmann

En la otra punta de la Tierra
La vuelta al mundo de Magallanes
Philippe Nessmann

Al asalto del cielo
La leyenda de la Aeropostal
Philippe Nessmann

Los que soñaban con la Luna
Misión Apolo
Philippe Nessmann

Shackleton
Expedición a la Antártida
Lluís Prats

En tierra de indios
El descubrimiento del Lejano Oeste
Philippe Nessmann

Bambú Descubridores Científicos

Brahe y Kepler
El misterio de una muerte inesperada
M. Pilar Gil

Bambú Vivencias

Penny, caída del cielo
Retrato de una familia italoamericana
Jennifer L. Holm

Saboreando el cielo
Una infancia palestina
Ibtisam Barakat

Nieve en primavera
Crecer en la China de Mao
Moying Li

La Casa del Ángel de la Guarda
Un refugio para niñas judías
Kathy Clark

Bambú Exit

Ana y la Sibila
Antonio Sánchez-Escalonilla

El libro azul
Lluís Prats

La canción de Shao Li
Marisol Ortiz de Zárate

La tuneladora
Fernando Lalana

El asunto Galindo
Fernando Lalana

El último muerto
Fernando Lalana

Amsterdam Solitaire
Fernando Lalana

Tigre, tigre
Lynne Reid Banks

Un día de trigo
Anna Cabeza

Cantan los gallos
Marisol Ortiz de Zárate

Bambú Exit récord

El gigante bajo la nieve
John Gordon

El vendedor de dulces
R. K. Narayan

Los muchachos de la calle Pál
Ferenc Molnár